史上最強オークさんの楽しい種付けハーレムづくり 3

[Author.] 月夜 涙 [illust.] みわべさくら

「美味しいっ」
ティータ

クルル
「あっ、これ、めちゃくちゃ美味しいですよ」

完成だ。今の二人は、世界一のお菓子だよ

「オルク兄様、服を脱いで、
仰向けになってくださいな。
今日はルリネに
すべておまかせくださいませ。
気持ちよくして差し上げますの」
言われるがままに全裸で、メルヘンベッドに横になる。
ふむふむ、今日はルリネがエスコートしてくれるのか。

ルリネ

CONTENTS

プロローグ　オークさんの華麗な朝は朝チュンから始まる ―― 010
第一話　とびだせ、オークカー ―― 020
第二話　オークと聖職者のギャップは生殖者ってクッション挟めばいける ―― 033
第三話　ブルーマウンテンが王室御用達って実は嘘 ―― 043
第四話　違いを楽しむ人の、オークブレンド ―― 055
第五話　砂糖は依存性がとても強い。つまり金になる ―― 062
第六話　大富豪への道を爆走中のオークさん ―― 071
第七話　女の子の機嫌をとるにはスイーツ ―― 080
第八話　「性欲と食欲を同時に満たしたらすごかった」byオークさん ―― 093
第九話　ほとんどの人が忘れているけど、オークさんは王族です ―― 104
第十話　シスター・プリンセス ―― 122
第十一話　暴力って政治の場でも活躍する世界共通言語 ―― 134
第十二話　選択肢を持つということ ―― 148
第十三話　妹に夜這いかけられて手を出さない奴は不能（オーク社調べ） ―― 156
第十四話　権謀術数スキルもちゃんとあるんです。このオーク ―― 169
第十五話　繰り広げられる舌戦！　悲劇の兄弟対決 ―― 181
第十六話　偉大な王様って、だいたい人格と家庭のほうには問題を抱えている ―― 192
第十七話　敵地でエロ展開って不自然。そう思っていたことがありました ―― 202
第十八話　初恋の子は綺麗になったけど、もっと綺麗な子が嫁なのでどうでもいい ―― 214
第十九話　悪役に凄惨な過去があるのは、そうでもないと世界を壊そうなんて思わないから ―― 224
第二十話　王の資質と王の資格 ―― 240
エピローグ　オークさんは妹姫と結ばれる ―― 258

Making fun mating harem of the strongest ever oak...

史上最強オークさんの楽しい種付けハーレムづくり

3

[Author.]
月夜 涙
[illust.] みわべさくら

オルク

女騎士とオークの間に転生した少年。

ティータ

エルフ。オルクと共に旅をする恋人。

クルル

ドワーフの里に住む、刀鍛冶の巫女。

ルリネ

フォーランド王国、第二王女。オルクの親戚筋。

Making fun mating harem of the strongest ever oak...

プロローグ：オークさんの華麗な朝は朝チュンから始まる

クルルが俺の剣を完成させてから、三日経《た》っていた。

未《いま》だに俺とティータはクルルの家に居候《いそうろう》している。

そして……。

（拝啓、田舎の父さん、母さん、ついに僕はハーレムを作ることができました）

そう、ハーレム。

エルフ美少女のティータと恋人になったとはいえ、一人ではハーレムとは呼べなかった。

だがっ！　キツネ耳美少女のクルルとも結ばれたことで、ようやくハーレムが成立した。

今は大きめのベッドで愛《いと》しい二人の恋人と横になっている。

「オークックックッ、最高の気分だ」

半裸で無防備な寝顔をしている二人の肩を抱く。

ちなみに、オークックックッというのは、最近、オーク成分が足りないのでは？　という懸念があったため考案したオークらしい笑い方だ。

とてもオーク味がある。

……ティータとクルルにはとても不評だったけど。

こうして一人のときには使う。なにせ、これ考えるのにまる二日使ったからな。

さてと、そろそろ起きるとしよう。

ハーレム王の朝は早い。

でも、その、起きるまえに、ちょっとだけ。

右手と左手をそれぞれ、ティータとクルルの胸に伸ばす。そして、揉《も》んだ。

もちろん、生でっ！

ティータの胸は手のひらにすっぽり入るサイズで、心地よい反発が。

クルルの胸は手のひらに収まりきらず、柔らかく手を包み込んでくる。

それぞれ違って、それぞれいい。

ああ、幸せだ。

頼めば二人共触らせてくれるが、こうやってこっそり触るのもまたオツだ。

ハーレムを作って本当に良かった。

◇

キッチンに、ティータとクルルがパジャマ姿でやってくる。

ティータのエルフ耳はちょっと垂れていて、クルルのキツネ尻尾《しっぽ》はだらんっとしている。

そういう、ちょっとだらしないところは寝起きしか見られないので貴重だ。

「おはよう、オルクは早起きだね」

「くんくん、いい匂《にお》いがします」

「もうすぐ、朝食ができる。座って待っていてくれ」

火の精霊に頼んでフライパンを温め、バターを引いて、溶いた卵を流し込む。

そして、半熟になったところで、とんとんっとして、最後は強めにぽんっとしてひっくりかえす。オムレツのでき上がりだ。

高級レストランでも出せるレベル。

こういうシンプルな料理ほど作り手の腕が問われる。

「つやつやして、ふんわりして、とっても美味《おい》しそうだね」

「はいっ、見ているだけでよだれが出てきます」

「見たことないか？　卵料理でオムレツって言うんだ」

オムレツが嫌いな女の子なんていません（オーク調べ）。

俺の料理レパートリーは女性ウケするものが多い。

なぜなら、俺はモテるために料理の腕を磨いたからだ。

「冷めないうちに食べようか」

「うんっ。楽しみ」

「見た目は合格です。味もちゃんと見させてもらいますよっ！　あっ、運ぶの手伝いますね」

そうして、俺たちはリビングに移動する。

◇

食卓には、オムレツ、自家製ヨーグルト、サラダ、コーヒーもどき（コーヒー豆が手に入らなかったので、様々な豆やハーブを調合して作ったそれっぽいもの）が並ぶ。

「あれ、オムレツの下敷きになってるの、この前オルクが言ってたお米だよね」

「ああ、市場で売られていたから買っておいた」

米。日本人のソウルフード。

この大陸では小麦と大麦が主食で米なんてものはほとんど見ない。

暖かい地方で作られていると聞いていて、いずれは手に入れようと思っていたところ、なんと市場で見つけてしまったのだ。

今後のことも考え、大量に買って、商業都市にある俺の屋敷に送るよう手配した。魔術を使って保存すれば三年は持つ。これでしばらく米には困らない。

チャーハン、カレーライス、寿司、牛丼、カツ丼、親子丼、ビバ米！

いずれは田んぼごと購入して、農園を経営し安定供給に勤《いそ》しむのもいい。

「トマトの匂《にお》いがする。それと鶏肉も」

「米をトマトソースと鶏肉を加えて炒めるとチキンライス、それとオムレツを合体させるとオムライスになる。こいつはうまいぞ」

オムレツ時点で女性ウケはいい。だが、オムライスにするとさらに戦闘力が上がる。

オムライスは俺の好物でもある。

バターライスと、デミグラスソースの洋食テイストが強いのも好きだが、チキンライスとケチャップの素朴なほうが好みだ。とくに二人はオムライス初心者。最初は、こういうのがいいだろう。

「じゃあ、さっそくいただくね」

「ちょっと待ってくれ、仕上げが残っている」

女ウケ料理研究家の俺が凡庸《ぼんよう》なオムライスを作るわけがない。

そう、味的にはあまり意味がないけど、インスタ映えするアレを仕掛けてある。

「見ていてくれ」

俺の手にはナイフ、チキンライスの上に載った木の葉形のオムレツにすっと線を入れる。

すると、オムレツがパカッと割れて重力に引かれて卵のベールがチキンライスにかかり、半熟の卵が流れだす。

それだけじゃない、乾燥マレイユ茸《たけ》のパウダーを混ぜており、閉じ込められていた香りが溢《あふ》れ出す。

マレイユ茸は乾燥させることで香りと旨味《うまみ》が跳ね上がる。乾燥マレイユ茸パウダーは俺の料理に欠かせない。

なにせ、かけるだけでたいていの料理は格がワンランク上がるのだ。

さあ、見よ。これこそがモテモテオムライス！

「うわあ、とろっとろの卵が、どばーって」

「ごくりっ。この香り、たまりません」

「さあ、食べてくれ」

「うん、もう我慢できないよっ。美味《おい》しいっ」

「あっ、これ、めちゃくちゃ美味しいですよ。とろとろの卵と、ちょっと酸っぱいお米。ものすごく相性が良くて止まらないですっ」

にやりと笑う。

そして、二人の顔を眺める。

今度こそ、アレが見られるか。

料理漫画では、最上級の賛美となってしまったアレ、が。

「……ねえ、じっと顔を見られてたら気になるんだけど」

「けっこう恥ずかしいです」

「ああ、すまない。……ただ、俺は見たかったんだ」

残念だ、今回も見られなかったか。

「嫌な予感しかしないけど、一応聞くよ。何が見たかったの」

「発情顔」

ティータとクルルがとても冷たい目を向けてくる。

特製オムライスで稼いだポイントがどんどん消えていくのがわかる。

でも、なんだろう。この蔑《さげす》まれる感じ、悪くない。

「意味がわからないです。料理を食べて発情するわけがないです。怪しい薬でも盛ったんですか？」

「知らないのか？　人は本当に美味しい料理を食べたとき、とろ顔、アヘ顔というのを晒《さら》す。

……くっ、未《いま》だ我が腕はその域には届かないのか」

将○さん、味○助くん、○ャンさん、あなたたちの背中すら見えないよ。

あの人たちの料理、毎回アへらせるからな。女だけじゃなくて、男も。

「いや、しないからね。というかっ、そのとろ顔とか、アへ顔とかなんだよっ」

「知らないのか。こういう顔だ」

とろ顔とアへ顔を実演する。

アへ顔のほうはおまけでダブルピースまでしておいた。

オムライスにはケチャップのように、アへ顔にはダブルピース。目玉焼きには醤油だ。

「……えっと、これから料理は私が作るね」

「あんな顔をするくらいなら死んだほうがましです」

ドン引きされた。さきほどの比じゃない。

なんてひどい言い草だ。

まあ、男のアヘ顔なんて俺も見たくない。

ティータとクルルのアヘ顔なら可愛《かわい》いと思うのだけど、これ以上ひっぱるとろくなことにならないので方向転換。

「ははは、冗談だよ。料理を食べただけでこんな顔をするわけないじゃないか」

「ほっ、安心したよ」

「これで、安心してオルクさんのご飯が食べられます」

とりあえず、この場はそういうことにしておこう。

いつか、料理スキルを上げて、絶対に二人に発情顔をさせてやると誓う。

料理を極めた先に、その領域がある……はずだ。

「う～ん、やっぱり美味《おい》しいです。デザートのヨーグルトも最高」

俺のヨーグルトを頬張《ほおば》るクルルの尻尾《しっぽ》がブンブンと揺れている。

口元についたヨーグルトがとてもエロい。

「クルル、口元にヨーグルトがついてるよ。ほらっ」

ティータがぺろっと、ヨーグルトを舐《な》め取る。

「ありがとうございます」

尊い、なんて尊い、美少女二人のちょい百合《ゆり》。

もっと、二人の百合を見たくなった。

「なあ、3Pの流れで、女の子同士が絡《から》むのは百合になるのか？」

二人を同時に愛していれば、自然とそういう展開はあるが、果たしてそれを見て、俺の百合への欲求は満たされるのか。

「3P？　百合？　わかる言葉でしゃべってよ」

「たぶん、聞かないほうがいいと思います……」

「まあ、やればわかるか。提案があるんだ。今までは日替わりだったが、今度は三人一緒に」

「「却下（です）」」

二人はハーレムを許してくれたが、なぜかみんなで愛し合うのは許してくれない。

とても恥ずかしいらしい。

俺はむしろ見られたほうが興奮するのに、二人の感性は不思議だ。

そんなこんなで楽しい朝食が終わる。

そろそろこの街を出ないといけない。いろいろと準備を進めるとしようか。

第一話：とびだせ、オークカー

朝食が終わると、俺たちは市場へ向かう。

保存食などを中心にいろいろと買い込んでいく。

聖地を訪れる機会は少ない、今必要なもの以外にも米などの面白いものがあれば大量に仕入れておきたいところだ。

「その荷物、街を出る気まんまんだよね」

「ああ、いつまでもここにとどまるわけにはいかないさ」

この街でたくさんの思い出ができた。

腰にある、真神託の剣とクルルを手に入れられたのは僥倖《ぎょうこう》というほかない。

だが、俺はハーレム王を目指す男。

この街にクルル以上の美少女はいない。新たな街を目指さなければならない。

「街を出るの難しくないですか？　たしか、来週にパレードが開かれる予定ですよね」

「そんなものは、すっぽかす」

俺は、神託の剣を引き抜き勇者認定され、歴代の勇者ですら倒せず封印されていた禍津神《まがつかみ》を殺したことで、一躍時の人となっている。

国の偉い人から、俺を王都に招いて、盛大なパレードを開き、民たちに勇者のお披露目《ひろめ》をする予定だと聞かされていた。

「えっ、それ下手しなくてもかなりやばいよね」

「勇者はオルルクだろう。俺はオルルクだ。めんどいのはパス。逃げるに限る」

前勇者《かあさん》からいろいろと勇者のめんどくさい事情を聞いていたこともあり、オルルクという偽名を名乗り、変装した姿で勇者として振る舞った。

こうしておけば、勇者の力や威光がほしいときはオルルクに変装し、普段はオルルクとして気ままに暮らすという、いいところ取りができる。

「不思議です。勇者になったら、お金だって権力だって想いのままですよ。女の子にもモテモテになりますし、ハーレムを作りたいなら、渡りに船じゃないですか」

それはある一面では正しい。

この世界における勇者というのは、最強の生物兵器だ。どこの国も所有し、管理したい。

そのため、きっちりと飴《あめ》を与える。

勇者をつなぎとめるために、上等な女の一人や二人手配して籠絡《ろうらく》しようとするだろう。

そして、モテる。世界を救う力をもった英雄だ。そこらのアイドルとは比べ物にならない人気だ。それがわかっていて、なお俺は勇者であることをひけらかすことを選ばない。

「いやだよ。勇者の肩書きで言い寄ってくる女の子なんて」

「相変わらず、変なところでこだわるよね。お金と権力も興味ないの？」

「金だけなら欲しい。でも、色々といらないおまけがついてくる。義務や責任、嫉妬《しっと》に畏怖《いふ》……金なんて、俺の商才で稼げるし、権力のほうは興味ない。そういうのが欲しければ、素直にフォーランド王になっていたさ」

俺の言葉を聞いて、ティータとクルルが首をかしげた。

「あの、今なんていいましたか」

「うん？　権力が欲しければ、フォーランド王になっていた」

「あの超大国の王様になんてなれるはずないじゃないですか！」

「いや、なれるさ。俺は、フォーランドの王族だし、賢王ヴァレオ・フォーランドの後ろ盾もある。一度、次期国王になれと言われて断っているんだ。俺がその気になれば今でも協力してもらえる」

「はいはい、そういうことにしておきます」

クルルのやつ、絶対信じてない。

無理もないか、オークの俺が超大国であるフォーランド王国の王子だなんて。

ただ、紛れもない事実だ。

賢王ヴァレオは本気で俺を次期国王にしたいらしく、フォーランド王家の家系図にはしっかりと、俺の名が刻まれていたし、なにやら俺を後押しする派閥を作っている。

俺はオークの村のオルクでもあるが、第四王子、オルク・フォーランドでもある。

まあ、俺は王になる気なんてさらさらない。何十万もの民の平和と幸福を考えるよりも、愛する女だけを守り、幸せにしたい。

「クルルはまだオルクのなんでもありっぷりを甘く見てるよ。オルクの場合、そういうのもありえるからね」

「冗談じゃないからな」

「さすがにそれはないですよ。そんなことより、これからのことを考えましょう。本当にバレずにこの街を逃げ出せるんですか？」

「本気で逃げる俺を捕まえられる奴なんて、俺が知る限り六人だけだな」

「オルクさんと互角か、それ以上が六人もいるんですか!?」

「ちょっと信じられないよね」

「例をあげるとだな……格闘王ローランド・ベル、大賢者マリン・エンライト、魔王アークオウル、蒼雷《そうらい》の勇者ミレーユ・フォーランド、魔王直属四天王筆頭、宵闇《よいやみ》のゲッシュペルト。未《いま》だに、この六人には訓練試合で負け越してるからな」

師匠と、両親と、父の部下。

父さんの魔王名はアークオウル。ちょっとかっこいい。

これらの人智超越組との戦績はトータルすればだいたい十回に一回勝ちを拾えるかどうか。

むろん、それは封印を解除しないで戦った場合の話で、今の俺が封印解除をすれば善戦できるだろう。いや、それでも父さんとマリン・エンライトだけはかなりきついが。

名を挙げなかったが、シチュエーションによっては、魔王直属四天王の天才魔術士ハリルもやばいし、同じく四天王の不可視の暗殺者クルリナなどは戦いで負ける気はしないが、向こうが暗殺を仕掛けてくれれば防げるか怪しい。

「エルフの私でも知っている名前がけっこうあるんだけど、それ、本当に戦ったことがあるの⁉」

「オーク、嘘つかない」

「オルクさんってけっこう嘘つきますよね。でも、なんかそれは本当っぽいです。とにかく、本気で街を出るなら、私もしっかりと準備しないと」

「どこに向かうつもり？」

「一度、屋敷のある商業都市に戻るつもりだ」

「意外だね。てっきり新しい街へ行って、可愛《かわい》い女の子を探すのかと思ったよ」

「最高の女以外は必要ない。当てずっぽうに出かけても仕方ないだろう？　商売もあるし、一度屋敷に戻って金を貯めつつ、最高の女がいる街を探る」

この大陸有数の商業都市だけあって、金さえあれば大抵のものが手に入る。

それが情報でもだ。

情報収集をして、確証を持った上で新たな街に向かう。

「わかったよ。屋敷に戻るならお土産《みやげ》も買えるね。気になってた布があるんだ。オルクの服を織ってあげる」

「それは楽しみだ」

ティータが織ってくれるというだけで、どんな一級品よりも素晴らしく感じられるだろう。

そう言えば、クルルがおとなしいな。

クルルのほうを見ると、リュック、それも特大のものを売っている店の前で唸《うな》っていた。

「何か気になるのか」

「こっそり街を抜け出すなら、持ち出せる荷物ってそんなに多くないですよね。でも、鍛冶《かじ》に使う道具ってけっこう多くて、どうしたものかと」

「ああ、それか。俺の屋敷に工房を作る予定だ。クルルの意見を取り入れて設計するし、そのときに一級品の道具を揃《そろ》える。市販されていないものは俺が作ろう。手に馴染《なじ》むものだけに絞って荷造りしてくれ」

「良かったです。それなら、おっきなリュック一つにまとまります」

鍛冶道具は性能だけじゃなく、どれだけ手に馴染むかというのが重要だ。

……にしても、おっきなリュックと言っても限度があるだろう。クルルがすっぽり入るぐらいのサイズだ。

俺たちは旅支度《たびじたく》を進めていく。

二人に、キャラバンを使うと足がつくので今回は馬車を使って戻ると告げる。

すでに馬車は製作し、付近の山に隠してあるのだ。

三日ほど、ちょくちょく街を抜け出してはコツコツ組み上げた自信作。

夢とロマンあふれるオークカーだ。

◇

いよいよ街を出る日になった。

勇者《おれ》を逃さないよう、常に監視がついている。それほど勇者という存在は特別だ。

クルルの家の周囲には今日も衛兵が四人体制で周囲を見張っていた。

今は夜明け前、街を抜け出したあと、馬車で旅をするには明るいほうが好ましい。だからこそ夜明け前を狙った。

「さて、支度は整えたな」

「うん、いつでもいいよ」

「私もです」

ティータとクルルはリュックを背負っている。

こっそり街を抜け出すため、荷物はリュック一つと決めた……もっとも、クルルのリュックは超特大だが。

ほとんど私物を持たないティータと、特大リュックをぱんぱんにしたクルルは対照的だった。

「じゃあ、行こうか」

「って、何普通に窓から出ようとしているんですか。あっさりと見つかりますよ」

「心配はいらないさ、手を繋《つな》いで輪になってくれ。よし、始めるか……風の精霊よ、我のもとに集《つど》え。【風纏迷彩《ふうてんめいさい》】」

「あれっ、ティータさんが消えちゃいました、オルクさんも。しっかり手の感触はあるのに」

「私から見たら、オルクとクルルが消えてるように見えるよ」

「風の層で可視光を屈折させて見えなくする。便利な魔術だろう。あとは、風が運んでくれる」

魔術でもなんでもない、ただの風の操作。

風が俺たち三人を包んで浮き上がらせ、そのまま窓の外へと運び、飛翔する。

不可視で飛行しているため、見張りの兵たちはまったく気付けないでいた。

「空、飛んでるよ。気持ちいいね」

「見えなくなって、空飛ぶとか、ぜったい見つからないです」

「……絶対でもないけどな。見えないだけで、そこにいる。超一流クラスの剣士とかだと勘で捉えてくるし、超一流の魔術士なら常に探査魔法を複数展開しているから騙《だま》せない。あくまで、一流未満相手の子供だまし。ま、便利ではある。それに、夜空を飛ぶのは気持ちいいだろ？」

「うん、これ、いいね」

「ちょっと怖いですけど、楽しいです」

二人は空の旅を気に入ってくれたようだ。

俺は微笑《ほほえ》み、そのまま街を出て、馬車を隠している森まで飛んでいく。

◇

街道の近く、なおかつ死角になっているポイントに馬車は置いてある。

草木に偽装するネットを外して、扉を開ける。

「荷物を積んで、中で座っていてくれ」

「ねえ、オルク、馬車はあるけど馬居ないよね。それに車輪が変だよ、形も変」

ティータはいいところに気付いた。

この馬車の車輪はとある理由から無限軌道、いわゆるキャタピラにしている。

「馬がいなかったら、馬車があっても意味ないじゃないですか」

二人が言う通りこの馬車には馬がいない。

なぜなら……。

「そんなもの必要ないからな。馬なんて、遅いし、燃費悪いし、馬用の水と食料で積荷を圧迫するし、世話は面倒だし、すぐ疲れるし、使う気になれない」

馬は速いと思われているが実のところは違う。

たしかに荷物がない状態で、全力疾走《しっそう》すれば時速八〇キロほどは出るだろう。その代わり、一分そこらでバテて使い物にならなくなる。

だが、バテないようなペースで馬車を引くとなると、だいたい時速十二キロ程度が限界だし、それでも二、三時間おきに休憩が必要。

「じゃあ、これ、どうやって進むのかな？」

「まあ、とにかく乗ってくれ。そしたらわかる」

「嫌な予感しかしないよ」

「こういうのに慣れてきた自分が怖いです」

にやりと笑って御者席に座る。

そこには、水晶のコンソールがあった。

魔力を通すとウィーンっと甲高《かんだか》い音が鳴った。

この馬車……いや自動車には俺が開発した魔力モーターが埋め込まれている。

極めて単純な構造。魔力を流せばモーターが回転、ギアに連動し、シャフトが回転、それはホイールを回し、無限軌道を走らせる。

構造自体はミニ四駆レベルのとても単純なもの。シンプルが故《ゆえ》に信頼性が高く効率がいい。

ちなみに構造上まっすぐにしか走れないので、方向転換は風の精霊に頼んで行うという男設計。浮かせて横殴《よこなぐ》りの風で叩《たた》いて着地すれば、一瞬で方向転換ができてしまう。

時間と設備があればきっちり曲がれるようにできたが、ここではこれが限界だ。

俺のお手製、魔力自動車オークカーが走り始める。

「えっ、これ、はやっ」

「きゃあああああ。ふうふう、なんとなく、仕組みはわかりますけど、これ、変です、なんでこんな悪路を平然と走れるんですか」

「さすがはクルル、モーターとギアの構造が理解できたか。悪路を踏破できるのはキャタピラのおかげだ」

わざわざ、通常のタイヤじゃなくてキャタピラを採用したのには理由がある。

この時代、道路の舗装は適当だ。ましてや、今は森の中、まともに車輪が回らない。

だが、キャタピラならたいていの悪路は踏破できてしまう。

戦車にキャタピラが採用されるのはそういう理由からだ。

「凹凸があろうと、キャタピラが形状を保持するから、踏破できるし、振動も軽減する。その分、接地面積が増えて抵抗が増えるわ、履帯《りたい》の分重量が嵩《かさ》むわでスピードが落ちるデメリットがある。だが、そんなもの力業《ちからわざ》で押し通る」

俺のありあまる魔力を大量に注ぎ込めばいい。

森の柔らかい土と泥と石だらけ、膝丈《ひざたけ》ほどの草が生い茂る最悪の悪路を爆走して主要街道にたどり着く。

さすがだぜ、オークカー。

「めちゃくちゃだよ」

「鍛冶師《かじし》としてはとてもわくわくします」

街道に出れば、だいぶ路面状態はマシになる。

俺が無理なく注げる魔力量で、だいたい時速五十キロ程度。

馬車の四倍速。

「これだけ速いと風が気持ちいいね」

「乗り心地もよくて、もう普通の馬車に乗りたくなくなります」

しばらく走っていると、二人も慣れてきたようだ。

……そろそろ頃合いか。

「こいつの力はまだまだこんなもんじゃない。このあたりは主要街道だけあって、よく舗装されているな……これなら、オークカーの真の力を解放できる。ポチッとな。かっとばせ、オークカー！」

ボタンを押す。

すると、履帯に切れ目が入り、速やかに車両へと収納されていき、無限軌道からタイヤ走行に変わった。

悪路はキャタピラが威力を発揮するが、路面状態が良くなれば、タイヤのほうがよほど速い。接地面積が減少したことで、抵抗が大幅に少なくなり、一気に加速する。

「きゃあああ、はやっ、速すぎるよ」

「怖いです、これ、いったい、どれだけスピード出ているんですか!?」

「うーん、体感で時速八十キロぐらいか。やっぱ、速いと気持ちいいな」

この自動車を作って良かった。

移動時間が短いと時間が節約できる。なにより、楽しい。

次々に前を走る馬車をぶち抜いていく。

すれ違う行商人たちが、何事かと目を見開いていた。

さあ、街につくまでドライブを楽しもう。

途中、どこかで全力を出してみるのもいい。時速八十キロというのは俺が疲れず、機体にダメージを与えない負荷。

ちょっと遊ぶだけなら、全力を出しても潰《つぶ》れはしないだろう。

目指せ、時速百キロの世界。

第二話：オークと聖職者のギャップは生殖者ってクッション挟めばいける

オークカーは風になった。

馬車なら、まる三日以上かかってしまう距離をなんとわずか半日で走破した。

この主要街道は人どおりが多く、商業都市という土地柄もあって目ざとく噂話が好きな商人が多い。

きっと、オークカーのことはあっという間に噂で広まっていくだろう。

そうなれば、いっそこれを商品にしてもいい。

俺ほど圧倒的な魔力がなくても、一流の魔術士なら時速三十キロ～四十キロぐらいで、三時間ぐらいは持つ。そういう連中がローテーションしていけば、十分実用たり得る。

欲しがる連中はいくらでもいそうだ。

時間を金で買える。その価値がわからなければ一流の商人たり得ないのだから。

「うっ、吐き気が」

「世界が、ぐるんぐるんしてます」

ティータとクルルが青い顔をしてオークカーから這《は》い出てくる。

履帯《りたい》を外すと衝撃による揺れが大きくなる。

普通の馬車よりは、特製のタイヤで揺れが少ないのだが、かなり飛ばしたので揺れた。

とくにクルルはキツネ耳美少女で、感覚が鋭敏な種族だ。だからこそ余計にダメージが大きく、尻尾《しっぽ》の毛が縮こまっていた。

「こいつはまだまだ、試作段階だから作りが粗い。今度、サスペンションを搭載して、もっと快適になるよう改良するんだ」

所詮《しょせん》は思いつきで、設備がないなかたった三日で作り上げたプロトタイプなのだ。

今回の走りでデータが山ほど取れた。それを使って改良を行う。

クルルがよろよろと歩いてきて、俺の肩を掴《つか》む。

ちょっぴり目が怖い。

「安全運転でお願いします。じゃないと、もう乗らないです」

「ああ、善処する」

街の近くで、速度上限のテストをしたのがトラウマになっている。

だいぶ、無茶した。

全力で魔力を注ぐと、軽く時速百キロを上回った。

そこで止《や》めればよかったのだが、好奇心がわいてしまい、その先を目指してしまった。

具体的には風の精霊に頼み前方に空気抵抗がない風の道を作ったうえ、後ろでは火の精霊と風の精霊が力を合わせたロケット噴射。

瞬間最大速度は時速四百キロ。

シャフトとホイールが一瞬でいかれて、ぶっ飛び、地面にぶつかってばらばら……になるところを風のクッションで受け止めてホバリングで事なきを得た。

そして、その後さらに調子に乗って、かなりアクロバットなことまでしている。

……あれはクルルでなくてもトラウマになるな。

「私も死ぬほど怖かったけど、あれは便利で、安全に走るなら、すっごく快適だとは思うよ」

「それには同意します。速さに慣れてきて、一定のペースで走っているときは最高でした。普通に走っているときは！　なんですか、必殺、オークトルネードって！　あのくるくるになんの意味があるんですか！」

「悪かった、正直、あれは反省している。あれは封印するさ」

マ○ナムトルネード。あれは誰もが憧れると思う。ホバーしたとき、うっかり悪ふざけをして、弾丸のように馬車をぐるぐると回転してみた。あの回転にまったく意味はない。強《し》いていうならロマン！

でも、どうせならマ○ナムダイナマイトもやりたいが、それは一人のときにやろう。今度やらかしたら、口を利いてもらえなくなる。

俺は空気が読めるオークなのだ。

クルルが青い顔で口元を押さえた。

「その、なんだ、いい酔いどめの薬があるんだ」

「いただきます。頭、がんがんします」

あとで、ちゃんとフォローしておこう。

今回は全面的に俺が悪い。

◇

クルルの体調が回復してから、屋敷に向かう。

「これが、オルクさんのお屋敷ですか、とっても広くて綺麗で立派です」

「ああ、ハーレムを作るんだ。でかい屋敷は必要だろう。好きな部屋を使っていいし、あとで俺の工房を見せよう」

たくさんの嫁と子供が快適に暮らせるとなると、家賃が高くても立派な屋敷は必要だ。

「オルクさんの工房、とても気になります。それがあれば、私の工房って別にいらないかもしれません」

「いや、俺の工房は魔術研究方面に作りすぎた。クルルには使いづらい」

俺は鍛冶師《かじし》としての訓練もしているが、あくまで練金魔術の延長として習得しただけであり、工房は魔術士用に最適化されている。

鍛冶師が本職のクルルには向かない。

「魔術ですか……それも今後のことを考えると取り入れていきたいです。魔術をちゃんと覚えれば、鍛冶に活かせることって多そうです。オルクさんを見ていてそう思いました」

「勉強熱心なのはいいことだ。ただ、魔術を教えるにしても、さすがに俺の工房は特殊すぎるんだ。それとは別に新しいクルルの工房はちゃんと設計したい。鍛冶に特化するわけじゃなく、魔術も使う鍛冶師の工房を二人で設計しよう」

「はいっ、とっても楽しみです！　えっと、さっそくいいアイディアが浮かびました」

「……ほう、それは面白いな。だけど、こうしたほうがもっと」

「あっ、いいですね、それ」

工房について話をしているうちに、オークトルネードの不機嫌が吹き飛んだ。

（へへへ、ちょろい子ギツネちゃんだぜ）

もう、埋め合わせをするどころか、一緒に工房を設計しているうちに盛り上がって愛し合うなんてことも、十分ありえる。

「ねえ、オルク、なんか悪い顔してるよ」

「そっ、そんなことはないさ」

さすが、ティータ。鋭い。

俺は作り笑いをしつつ、久々の屋敷に足を踏み入れた。

◇

屋敷は留守の間も使用人たちが頑張ってくれたおかげで清潔に保たれている。

「いっぱい部屋がありますね。リビングにおっきなキッチンに、ダンスホール、個室も十個以上だし、どの部屋も広い、家賃めちゃくちゃ高いんじゃないですか？」

「そんなこともないぞ。これぐらいだ」

「……安すぎておかしくないですか？　だって、市場に近くて、立派で、この広さですよ」

「クルル、それって変なの？」

「私の街だと、十倍はしてもおかしくないです」

世間知らずなティータと違って、クルルにはちゃんと金銭感覚がある。

だから、この屋敷の異常な安さに気付いてしまう。

「訳あり物件だからな」

「その訳を聞いていいですか？」

訝《いぶか》しげな目でクルルが見てくる。相場の十分の一になる理由が気になるのも無理はない。

隠すべきか、話すべきか……話そう。夫婦の間の隠し事は少ないほうがいい。

「この屋敷の元持ち主は貴族で、ちょっと、いや、かなり悪趣味で、いろいろとやらかしたんだ。何十人もこの屋敷で殺した」

「この屋敷で人が死んだから安いの？　人間ってそんなこと気にするんだ」

前世では事故物件。人が死んだ建物は嫌われる。

だけど……。

「いや、ただ死んだだけなら、誰も気にしない」

割りと、この世界は命が軽い。

魔物なんてものが蔓延《はびこ》っていて、街から出ればいつ死んでもおかしくないし、医療水準が低いため、流行《はや》り病などであっさりと逝《ゆ》く。また飢饉《ききん》なども時折起こって何千人も餓《が》死《し》することも珍しくない。治安だって良くない。

死が身近にあるため、誰も一々事故物件かどうかなんて気にしない。

「死んだだけじゃないって、どういうことですか？」

「元持ち主は少年・少女を拷問《ごうもん》しながら犯してから殺すのが趣味って奴で、何十人もそうした
……そんなことすれば、化けて出てくる奴らもいる。そういう霊の一体、一体は弱いんだ。

でも、怨《うら》みの矛先も感情の質も一緒だからくっついてでかくなって、しかも、ここはマナの通り道、龍脈《りゅうみゃく》だ。悪霊はマナを取り込み強くなり、元持ち主を呪い殺した。それ以来、悪霊は
ここにやってきた者すべてを呪うようになった。俺の前にこの屋敷を借りた五人は全員、呪い殺されたらしく、誰もこの屋敷を借りなくなった」

複数の魂が交じるだけで自我など遥《はる》か彼方《かなた》に吹き飛んでいく。

ましてやそこに力が注がれ、悲しみ、怒り、怨《うら》み、苦しみ、それらに塗りつぶされようものなら、もうそれはただ目に映るものすべてを呪い殺すだけの存在に落ちる。

そんな悲しくて強力な悪霊がこの屋敷に棲《す》み着いて、誰も住めなくなった。

「そんな屋敷、誰も借りるわけないよ！」

「だから、安く借りられたんだ」

「えっと、そんなところに住んでてオルクや、ティータさんはなんで無事だったんですか？」

「成仏《じょうぶつ》させたからだ。俺が快適に暮らすためだったし、自分が誰かも忘れて人を呪い続ける彼らを見ていられなかった。ここにはもう俺たち以外、誰もいないよ」

「成仏させられるなら、そうしとけば良かったのにね。オーナーさん、プロに頼んで悪霊を払えば、もっと高い値段で貸せたよ」

商人の勉強の成果が出ている。じゃないとこういう発想は出てこない。

「いや、そうしようとしたんだよ。名のある、僧侶に除霊を依頼したらしい」

「でも、オルクさんが引っ越したときにはまだ悪霊がいたんですよね？」

「ああ。悪霊が強すぎて僧侶が逆に呪い殺された。それが三回続いて諦《あきら》めたそうだ」

「なんで、本職でも呪い殺されてるのに、オルクさんが浄化できるんですか!?」

「だって、オルクだよ」

悪霊対策も万全だ。ハーレムを作るための嗜《たしな》みの一つ。

「まあ、こういう事情だ。ただ、ティータやクルルが、危険がなくなっていてもそういう事件があった屋敷は嫌だと言うなら、引っ越し先を探す」

あまり金がないなか、ハーレムで暮らせる場所を探すとここしかなかった。

そして、悪霊が暴れ回っていることもあり、契約に原状回復が盛り込まれておらず好き勝手改造できるのも都合が良い。

だが、二人が嫌がるなら引っ越ししてもいい。幸い、今ならそれができるだけの金がある。

「別に私はいいよ。そういうの気にしないし」

「せっかく、オルクさんが工房まで作ったんですからね。それにいい屋敷ですし、私も構いません」

「ありがとう。おかげで、新居の建築費が減らずに済んだ」

「えっ、ずっとここに住むわけじゃないんだ」

「三年契約だからな。悪霊を浄化したことを大家には話していない。それでも俺がぴんぴんしてるのを見て、浄化したことには勘付いているみたいだ。次の更新のタイミングで、適正価格を提示されるのは目に見えてる……その値段で借りてもいいが、どうせなら、それまでに金を貯めまくって、俺と愛する人たちの理想の家を作りたい」

三年、それだけの時間があればきっと、俺のハーレムはでき上がっている。

そして、俺の愛した人たち全員の意見を取り入れて、俺自身の手で理想の家を作る。

「それ、すごく楽しそうだね」

「私も手伝いますよ！　鍛冶師《かじし》で、大工は畑違いですけど、オルクさんがこれだけいろんなことできるんです。私だって、ちょっとぐらい守備範囲広げないと」

微笑する。

愛する人たちに囲まれながら、わいわい、こんな家にしたいと話し合って盛り上がる未来がとても楽しそうで、自然に笑みがこぼれた。

そんな未来を作るためには、十分な金、そして最高のハーレムがいる。

そのためにもまだまだ頑張らないとな。

クルルの工房が一段落したら、キャラバンでの商談、あれの仕込みを一気に進めるとしよう。

うまく行けば、とんでもない金が入り込んでくる。

第三話：ブルーマウンテンが王室御用達って実は嘘

あれから、クルルの私室と工房にする部屋を決めて、工房の設計を二人で行うことにした。

クルルの私室は俺の隣で、俺の部屋はクルルとティータの部屋に挟まれるような形になった。

そして、工房は地下に作る。広いスペースが使えるし、防音性が高く、龍脈《りゅうみゃく》を利用しやすいというのが決め手になった。

「もうちょっと待ってくださいね。あと少しで簡易設計が終わります」

クルルはさきほどから一心不乱に図面を描いていた。

新しいクルルの工房は、今までのクルルの工房をベースにして、魔術的な設備を取り入れる形で設計する。

まずはクルルがたたき台を作り、俺がそれを具体化していく。

クルルが図面を描いている間は暇なので、ちょっとしたサプライズを用意しておく。

「ふう、図面ができましたよ。って、いつの間にか、本棚にぎっしり本が詰まってます！」

「クルルが魔術を鍛冶に活かすために必要な知識だな。上の段の左端から読んでいくといい」

俺の得意とする脳内のイメージを紙に転写する魔術。

これがあれば、二百ページの本一冊を五分ほどで作れてしまう。前と違って、基礎からみっちりやるので三十冊ほど本を作っておいた。

「相変わらずの化け物ぶりですよね。でも、燃えてきました！　たくさん勉強します」

「そうしてくれ。基本は自習だ。わからないところがあれば聞きに来てくれ。実技が必要だと思う項目には印を付けているから、そこまでくれば、俺のところへ来るように」

理論だけじゃなく、実際にやってみて初めてわかるようなことも多い。

とくにクルルの場合は鍛冶《かじ》に魔術を取り入れるという明確なゴールがある。

頭でっかちに勉強だけしていればいい……なんてわけにはいかない。

手を動かすことも重要だ。

「ふっふっふっ、楽しみです。新しいことってわくわくしますよね」

「そう思えるのは才能だ。好奇心と向上心、この二つがなければ、何を教えても身につかない」

オークの村でも、悪友たちが教えを請うて来たが長く続かなかった。

彼らは、魔術や剣術に興味があったわけじゃなく、漠然と強くなりたい、かしこくなりたいという成果だけに目を向けていた。それではどこかで気持ちが冷めてしまう。

その点、鍛冶そのものを愛しているクルルは、より高いモチベーションで打ち込める。

もっとも、成果が欲しいという動機も、突き抜けてしまえば大きな力になるのだが。

俺は、ハーレムを作るためにどんな努力も惜しまなかった。

「鍛冶を好きな気持ちは誰にも負けない自信がありますよ。それより、どうですか、この図面」

「いいと思う。ただ、魔術絡《がら》みの設備は甘いな。そこは修正が必要だ。それに遊びと無駄が少なすぎる」

「遊びと無駄なんて必要ですか？」

「あんまり、ぎちぎちに詰め込んで効率的にしすぎると、後から手を加えられなくなる。拡張性が必要だ。とくに、これから魔術を学んで、いろんな方面に興味を持っていくクルルの場合はな。どんな設備が後で必要になるかわからないだろう？」

「なるほど。無駄と遊びが必要なんて、考えたこともありませんでした。オルクさんといると新しい発見でいっぱいです。では、さっそく修正を……こんな感じでどうですか？」

「いい感じになった。これなら、たいがいのものは付け足せる。次は、魔術絡みの設備だが」

「あっ、そこは全部お任せします」

　クルルが図面をこちらに差し出してくる。

「それでいいのか？」

「はいっ。オルクさんなら、この図面で私がどうしたいのかを読みとってくれます。それがわかった上で、専門的な知識を元に考えてくださるでしょう。なら、魔術の知識がない私が口を出しても足を引っ張るだけです。私の仕事は、どういう工房にしたいか伝えることまでだって思ってました」

　頭のいい子だ。

その考えは極めて正しい。

「よし、なら、あとは任せてくれ」

「私はさっそくお勉強をしますね。たくさん勉強して、いつか工房をもっといいものに大改装してみせます。そのときは魔術絡《がら》みの設備も私が考えるんです」

クルルが俺の作った教科書を開いた。

きっとクルルは、あっという間に俺の知識を吸い込んで、いずれは鍛冶《かじ》の分野で俺を追い越していくだろう。その日がくるのが楽しみだ。

◇

翌日、俺とティータは二人きりで出かけていた。

クルルはお留守番だ。

昨日のうちに三人で買い物に出かけており、クルルの部屋に必要なものと、工房に必要なものを注文した。

いくつかは今日届く、それらを誰かが受け取らないといけない。

そして、俺たちは商人としての仕事をする。

それも大きな仕事のため、ティータはともかく、クルルは連れていけない。

ティータは俺の助手をするため、商人としての教育を行っているが、クルルにはその手の知識がない。

商人同士の交渉では、さまざまなマナーやルールが存在する。

素人《しろうと》を連れていくのは相手に失礼だし、こちらを安く見せてしまう。

「着いた。ここがザナリック商会の本店だ」

商談の相手はザナリック商会。

超大国フォーランド王国においては、俺の師匠であるヘルフ・ランドール率いるランドール商会に次ぐ二番手に甘んじている。

しかし、今住んでいる商業都市をはじめ、いくつかの街ではランドール商会すら凌《しの》ぐ勢い。

ザナリック商会もまた世界を股《また》にかけた大商会。

ランドール商会とザナリック商会はライバルであり、世界二大商会と言われていた。

「お客さんが多いね、見るからにお金持ちな人ばっかりだよ。建物も豪華だね」

「ザナリック商会の本店だからな、それなりの箔《はく》が必要だ。ふんだんに使われている大理石は同じ重さの金より高い、使われている木材はファルトゥラ、……この街で一番、いや、下手したらこの国で一番金がかかった屋敷かもな」

ザナリック商会も、ありとあらゆる品を扱う大商会であり、系列の店には大衆店も多い。

だが、この総本山は一階が超セレブ向けの高級嗜好品《しこうひん》を集めており、二階、三階がザナリック商会の心臓部となっている。

ザナリック商会と商談に臨むものたちは、まず建物の豪華さを見て度肝を抜かれ、一階の店舗で、並の商会では一生取り扱うことができない品々を売り、それを買うだけの客層を持っているところを見せつけられる。

交渉の前から、ザナリック商会の力に呑まれてしまう。

着飾るというのは、商人にとっては娯楽ではなく武器なのだ。

「オルクも、いつかこういう屋敷を作るつもりなのかな？」

「どうかな。この屋敷の素材は希少で高価なものをこれみよがしに使って、富と力を見せつけるためにある。それはそれでいいんだが、俺や、ティータ、クルルの理想の家を作るなら、住みやすさや温《ぬく》もりを優先したいよ」

「そうだね、きっとそう。私、こういう綺麗だけど冷たいのより、そっちのほうが好きだもん」

商人として適しているのは、こういう屋敷だろう。

商人は人を屋敷に呼び、もてなす機会も多い。わかりやすく金がかかっていることを見せつけて、羽振りの良さと格を見せつけるのは効果的。

だけど、俺は商人としての正しさより、愛する人たちと幸せな暮らしを屋敷に求めたいのだ。

「ティータなら、そう言ってくれると思った。さて、雑談はそろそろ終わりにしないとな」

ザナリックの使いの者が現れて、俺たちを案内してくれる。

さてと、すでにザナリックとは会って、こちらの企画を渡し、共同での商売を承認してもらっている。

だが、だからと言って油断はできない。

ここからひっくり返ることも十分ある。

ハーレムメンバーたちとの豊かな生活のために、この交渉、完璧にこなしてみせよう。

◇

俺たちが通されたのは、会長室だった。

おとなしい内装であり、落ち着いて重厚な雰囲気。

だが、見るものが見ればその部屋にあるものすべてが超一級品だとわかる。

いわゆるハイブランドというものは、自己顕示欲を満たすためにある。

高級で質がいいだけでなく、それが特別なものであると周りに気付いてもらう必要があるのだ。気付いてもらえなければ、自慢できない。

そのため、多くのブランドではこれ見よがしにロゴを入れる。あるいは、奇抜で特徴的なデザインにすることで、誰が見てもそのブランドだとわかる工夫をする。

しかし、この部屋にあるものは違う。ロゴはない、奇抜なデザインでもない。だが、ただただ超一級品。

これみよがしに見せびらかさなくても、その存在感で己が特別であると納得させる本物。

それらを愛し、揃《そろ》える。そのスタイルがザナリック商会の会長である彼がどういう人間かを伝えてくる。

「本日はお招きいただきありがとうございます。セオドルフ・ザナリック様」

俺とティータは商人式の礼をする。

ティータの礼は完璧だ。ちゃんと教えたことが身についている。

「よく来ましたね。オルクくんがここに来るのを、首を長くしていましたよ。座りたまえ」

初老の人が良さそうな紳士、この人こそがこの世界で唯一、商人の神様であるヘルフ・ランドールに並び立つ人物。セオドルフ・ザナリック。

キャラバンで彼と会えたのは僥倖《ぎょうこう》だ。

商人としての技量は俺なんて足元にも及ばない。

だが、俺には彼にない武器がある。それが前世の知識。それをうまく使うことで、対等な交渉ができる。

俺とティータは席に着く。

すると、茶と菓子が運ばれてきた。

茶じゃない、黒い液体、それにどこかかぎ慣れた匂《にお》い。

なるほど、差し出す茶ですら、主導権を握る武器というわけか。

「オルクがこの前飲ませてくれた奴だよね。これ、好きなんだ」

出されたのはコーヒーだった。

ティータは飲んだことがあるように言っているが、それは前世からの夢である朝チュンコーヒーをするために、それっぽく作ったコーヒーもどきだ。

本物のコーヒー豆を仕入れるなんて真似《まね》はできない。

ティータの言葉を受けて、ザナリックの目の色が変わっていた。

(失敗したな。今のティータの発言は地雷だ)

ただ、それが地雷かどうかをわかれと言うのは酷だ。ある意味、俺の自業自得。

「ほおう、そちらの可愛《かわい》いお嬢さんは、これを飲んだことがあると……いやはや、驚きましたね。我が商会が莫大《ばくだい》な資金と、長い年月、何人もの熟練船乗りの命を費やして、ようやく見つけた海路。その果てにある島で見つけた神の血。それをすでにオルクくんは見つけていたとは」

この大陸の気候では、コーヒーを育てることはできない。海路を使い、遠く離れた地で仕入れる必要があるだろう。

そして、間違いなくコーヒーはこれ以上無い魅力的な商品。

コーヒーの蠱惑的《こわくてき》な香り、カフェインの作用による覚醒《かくせい》作用、独特の苦味と酸味、どこか漂う気品。

これを独占し、流通させれば、一大ブームを引き起こし、巨万の富を得られるだろう。そのことは一流の商人であれば気付くだろうし、そのための行動を起こす。

ザナリックが、俺にコーヒーを提供したのは売り出すのが秒読みだからこそと考えられる。

なのに、そのタイミングで、コーヒーを独占しているのがザナリック商会だけでないと言われれば平静ではいられないはずだ。

「いえ、彼女の言っている飲み物と、こちらのものは似て非なるものです。たまたま、彼女のために作ったハーブティーが、これと似た香りと味だったというだけで」

様々な食材や薬草から、コーヒーと同じになるよう魔術で成分を抽出し合成してあるだけで、コーヒーとはまったく別の飲み物だ。

さすがにコーヒーの成分を完全に暗記しているわけじゃないので、かなりアバウト。

だが、アバウトだから質が落ちるわけではない。うろ覚えの部分には俺の理想を注ぎ込んだ。香りも味も本家より良かったりする。

「現地では、神の血と呼ばれた、このコヒルクに近いハーブティーなど信じられませんな」

「でも、オルクのとすっごく似てるよ。それに、オルクの作ったほうが美味《おい》しいし」

「……ティータ、雑談はこれぐらいにしておこうか。すみません、ザナリック様、商談を始めましょう」

「いや、さすがに捨てておけないですよ。君のそのハーブティー、今度ごちそうしてはもらえないかね？」

コーヒー、いや、彼の言うところのコヒルクは力の差を示し、主導権を握るために出した。

主導権が取れなかっただけじゃなく、コヒルクを使った商売が潰《つい》える可能性すらあるのだから、彼が引き下がるのはありえない。

相応の対処が必要だ。

(選択肢は二つあるな)

一つ目はただたんに儲《もう》けを考える場合のもの。

儲けだけを考えるなら、後日、似てはいるがわざと質が悪いコーヒーもどきを提供して、コヒルクには及ばないと思わせ彼を安心させる。

そして、いずれコヒルクをザナリック商会が大々的に売り出し、需要が高まったタイミングで、大量生産しておいたコーヒーもどきをザナリック商会より安い値で売りさばく。

向こうは、遠い遠い海の果てからコーヒー豆を運ぶコストがあるため、値段競争では絶対に負けない。

こうすれば、もっとも金と労力がかかるコーヒーの宣伝と社会への浸透をザナリック商会にやらせて、美味しいところだけをもっていける。

なんなら、師匠であるヘルフ・ランドールと組んでもいい。

(これをやったら最後、彼との縁はすっぱり切れるだろうな)

そして、二つ目の選択肢は目先の利益ではなくザナリック商会に誠意を見せ、長く付き合っていくためのもの。

頭の中で、利益か縁かを秤《はかり》にかけて答えを出してから、口を開く。

「ザナリックさん、ちょうどそのハーブティー、私はコーヒーと呼んでいるものがあるのでごちそうしましょう」

ザナリック商会との付き合いを優先すると決めた。

そうすれば、コーヒーもどきでの大儲《おおもう》けなど比較にならないほどの金を手に入れられるのだから。

その第一手を打つとしよう。

第四話：違いを楽しむ人の、オークブレンド

俺の持ち運んでいるポシェットの中には、粉にして瓶詰《びんづ》めされたコーヒもどきがある。湯に溶かして飲むインスタントコーヒーだ。

いつなんどき朝チュンコーヒーができるタイミングが来るかわからないため、持ち歩くようにしていた。

そういった用心のおかげで、ティータとの初夜も、クルルとの初夜も朝チュンコーヒーができたのだ。

さっそく、ザナリックが用意したカップに粉を入れ、ポットから湯を注ぐ。

「その粉がコヒルクに似たハーブティーになるのかね……驚いた、随分《ずいぶん》と手軽だ」

興味深そうにザナリックが見ていた。

この世界にインスタントコーヒーなんてものは存在しないため、珍しいのだろう。

「特別な技術と手間がなければ美味《おい》しくできません。それだけ苦労しても普通に淹《い》れるより、若干味と香りは落ちます。もっとも、手軽さには替えられませんがね。一度に大量生産でき、長期保存が可能というメリットもありますし」

いちいち、抽出と調合なんて毎回やっていられない。とくにコーヒー豆なしにコーヒーらし

きものを作るオークブレンドはとても手間がかかる。

だから、時間があるときに何十種類もの材料を大量に積み上げ、まとめて抽出、調合を行うようにしていた。

屋敷の地下には、約百キロものコーヒーもどき粉が眠っていたりする。

そっちのほうが楽だし、量が多いほうが美味《おい》しく調合できる。

百グラムのコーヒーを作る場合、十グラムの分量違いをすれば十パーセントもの誤差になるが、百キロの場合は十グラムの分量違いでは〇・〇一パーセントの誤差。量が多ければ多いほど、細やかな味の調整ができる。一パーセント以下の細かな調整だって容易《たやす》い。

煮物やカレーは一度にたくさん作ったほうが美味しいのはそれが理由だ。

「できましたよ」

見た目も香りもコーヒーそのものの、コーヒーもどきができ上がる。

「ほう……どれどれ。これは、いい。我が商会のコヒルクと遜色《そんしょく》が無い……若干の違いはあるものの、好みの範疇《はんちゅう》……そちらは湯に溶かすだけの粉、こちらはサーバーにフィルターをセットして、豆を挽《ひ》いて、蒸らして、湯を注ぐ必要がある。商品としての利便性を考えると、まるで勝負にならない」

コーヒー豆からコーヒーを淹《い》れるのは割りと面倒なのだ。

各家庭でそこまで頑張りたくない。

だが、だからと言って豆から作るコーヒーがインスタントコーヒーに劣《おと》るわけでもない。

「中流以下の家庭であれば、手軽なほうに手が伸びるでしょう。ですが、さきほども申した通り、粉にしてしまうと味と香りは落ちます。店で出す、あるいは上流階級のお客様であれば、焙煎《ばいせん》した豆を選ぶと思いますよ」

前世の日本にだって、ちゃんとコーヒー豆の需要はあった。

味のためなら手間を惜しまない層も存在する。

「……いま、焙煎をした豆と言いましたね。私は、オルクくんにコヒルクの豆を焙煎してから煮出すなど言った覚えはありませんよ。コヒルクの存在を知っていましたね」

「ええ、私はそれをコーヒーと呼んでいます。むかし、武者修行で世界中を旅していたときに飲んだことがあります。私のハーブティーはそのときの記憶を元に調合しました」

今更、知らないと言っても信じてもらえないので、素直に話してしまう。

「ふむ。……一つ聞きたい、あの男の弟子であれば、コヒルクが金になると気付いていただろう。なぜ、今の今まで、コヒルクで商売をしていないのだ？」

こちらの世界と前世で、人の味覚は似通っている。それはオルクのメンチカツで実証済。

そして、前世では爆発的に広まったコーヒーは、こちらでも売り出せば人気になるのは間違いないだろう。

「コヒルク。いや、コーヒーと呼ばせてもらいましょう。それで商売をする気はありましたよ

「……ですが、それは今じゃない。商機を待っていたんです。私の商会はまだ小さい。コーヒーを売り出しても、さほど大きな儲《もう》けにはならない。新しく、異質なものを広めるには、時間と金と力がいる。残念ながら、それらを持ち合わせていなかったので」

日常の延長にあるものは、比較的容易に人々は受け入れる。

だが、新たな価値観を受け入れさせるのは並大抵の苦労ではない。それがどれだけいい品であってもだ。

巨大な組織が金と時間と労力をかけないと、どうしたって一つの街の名物程度で終わる。

その感覚を、俺は商人の神様の授業で養った。

「その商機というのは？」

「どこかの大きな商会が、コーヒーを見つけて、大々的に売り出すタイミングですよ。私の力じゃ、社会にコーヒーを浸透させられない。だから、そこまでは誰かに任せてしまう。そして、社会に浸透してきたタイミングで、その商会よりも質がよく安く、利便性で勝るコーヒーの粉を大量投入する。そうすれば、いっきにシェアを奪え、コーヒーの代名詞は私の商会のものとなる。一生、コーヒーで儲け続けられるでしょう」

その場合、単体では流通させられる量に限界があるため、どこかの商会と組むことになるだろう。

「それは、楽観的過ぎるのでは？　どの商会もコヒルクに目を付けない可能性もあった。そうすれば、永遠に商売を行う機会は訪れない」

俺はゆっくりと首を振る。

「ありえないでしょう。私が偶然出会う程度のものがいつまでも隠れているわけがない。……それに、誰も目を付けなければそれはそれでいい。何年か後には、私の商会は大きくなり、自力で社会に浸透させることも可能になっているはずだ。どちらでも良かったんです」

ザナリックの顔が少し引きつり、それから破顔する。

「くははは、なるほど、さすがはあの男の弟子ですね。面白い、面白い、実にいい商人だ。その若さで、よく見えている。ですが、逆に疑問が出てきた、なぜその話を今ここで？　そんな絵を描いているなら、私に話しては元も子もないでしょう」

ザナリックなら、俺がこうするとわかっていればいくらでも対策が可能だ。

話した時点で、この計画の実現性は限りなくゼロになる。

「簡単なことです。コーヒーでの儲けを取りにいくよりも、それを諦《あきら》めて、あなたの信頼を得たほうが後々儲けが大きくなる」

「随分《ずいぶん》と高く買ってもらえているようですね」

「我が師の唯一のライバルですから。それに信頼もしている。私があなたのためにコーヒーでの商機を捨てたという事実を高く買ってくれると」

ザナリックは手を伸ばしてきた。

「ええ、高く買いましょう。それから、改めて握手を。本当の意味で、ともに商売をしたい。オルクくんを対等な商人と認めましょう」

「ええ、喜んで」

俺はザナリックと固く握手をする。

……ふう、これでザナリックとの敵対は免れたか。

まさか、コーヒー一つでいきなりピンチに陥るとは。

「少々、席を外します。君に報いるために心ばかりの贈り物をしたい」

「遠慮なく受け取りましょう」

断るのは逆に失礼だ。

ザナリックが席を立ち、ティータと二人きりになる。

「オルクって、すごいね、コーヒー一つでそこまで考えてたんだ」

ティータが尊敬の眼差《まなざ》しを向けてくる。

俺は苦笑し、念のため音が漏《も》れない魔術を使ってから口を開く。

「ああ、あれは全部出任せだ。コーヒーもどきを作ったのは趣味で商売に使う気はなかった。だけど、ああ言えば、あの人の危機感を払拭《ふっしょく》できるし、信頼を稼げるだろう？　思いつきにしては、割りと筋が通っている話ができたな」

「うわぁ、オルクって、すごいけど、オルクだよね」

ティータがジト目で見てくる。

なにはともあれ、ザナリックに敵視されることを回避したどころか、より強い友好関係が結べた。

こういう出任せを即座に思いついて、堂々と言えるのも師匠のおかげだ。

はったりは商人の武器。

師匠に感謝しつつ、いずれはランドール商会に儲《もう》け話を持っていって、恩返しすると決める。

ザナリック商会と提携すれば、もう十把《じっぱ》一絡《ひとから》げの商会ではなくなる。胸を張って、一人の商人として彼の前に顔を出せるだろう。

第五話：砂糖は依存性がとても強い。つまり金になる

ザナリックが戻ってくる。

その手には、金糸が刺繍《ししゅう》されたスカーフがあった。

「待たせてしまったね。友好の証《あかし》にこれを贈らせてもらいたい」

「私のような若輩《じゃくはい》商人が、そのようなものをいただけるとは恐悦です」

「それだけの価値が君にはあると判断しただけのこと」

そのスカーフは絹でできており、金糸の刺繍は精緻《せいち》。

紛れもない高級品。

だが、俺が驚いたのは高級品であることが理由ではない。

刺繍で描かれているのはザナリック商会の紋章。このスカーフの価値は街で商売をやっている者なら、誰もが知っている。

ザナリック商会と懇意にしている証。

それを見せるだけで、たいていの商会は無理を聞いてくれる。

この街でザナリック商会に逆らってはやっていけないのだ。ザナリック商会の身内ともなればありとあらゆる恩恵を受けられる。

その価値は、金貨千枚にも勝るだろう。

「オルクくんならば、大事にしてくれると信じていますよ」

大事にするに込められた意味は、このスカーフの保管や管理について言っているわけではなく、無闇矢鱈《むやみやたら》にザナリック商会の威光を振り回さないだけの自制心について言っている。

「もちろんです。大事に使わせていただきます」

無闇矢鱈には使わない。

だが、効果的なタイミングでは使うと返事をする。

「いい返事です。さて、予定していた商談に入る前に一つ相談させてほしいことがあるのです。その、インスタントというのは、このコヒルクでも作れるものかね？」

「はい、可能です」

「ふむ、焙煎《ばいせん》した豆を砕き、煮出す場合、どうしても豆は溶けないのに、いったいどういう手品を使っているのでしょう……。ぜひ、その製法を売ってはもらいたい。手軽なほうが、より社会に浸透させやすい。コヒルクを売り出し始めるタイミングでインスタントという形を取りたい。コヒルクは我が商会の主要商品になりえる。ですから、これだけの金額を払わせていただきます」

彼が提示した金額は、それこそ一等地に屋敷が買える値段。さすがはザナリック商会の会長。ずいぶんと気前がいいことだ。

「製法を売ることはできません……ですが、製法を教え、売上からマージンをいただく契約であれば引き受けましょう。マージンは、売上の三パーセント。期間は商品を発売して、五年間。そのあとは自由にしていただいてかまいません」

買い上げなら、一時金が入ってそれで終わり。

これから、全世界に広まる商品だ。そんなのはもったいない。

たった三パーセントと思うかもしれないが、ザナリック商会の規模から見込める売上を考えれば、十二分だ。

「抜け目がないですね。提示した条件はこちらが突っぱねないぎりぎり。いいでしょう、その条件で契約します」

「では、コヒルクの豆を私の屋敷に送ってください。それをインスタントに加工し、実物とレシピを持って、また来ます。その際に改めて契約を」

「その流れでいきましょう。いやはや、予定していた商談の前に、こんな大きな儲《もう》け話をできるとはね。オルクくんをびっくりさせるために出したコヒルクだったのに、私のほうが驚かされてしまいましたよ」

「私も予想外でした。素晴らしい偶然です」

製法を教えるだけで莫大《ばくだい》な収入が五年間も入ってくる。こんないい商売はなかなかない。

これだけで、それなりの贅沢《ぜいたく》をしても死ぬまで遊んで暮らせるだけの金が入るだろう。

「さてと、オルクくん。そろそろ本題に入りましょう。君が持ちかけた商談を」

「ええ、改めて企画書をお持ちしました。ザナリック商会と我がオルク商会の共同事業。廉価《れんか》な砂糖の大量生産について」

俺は、鞄《かばん》の中から企画書を取り出す。同時に瓶詰《びんづ》めにされた砂糖も。

そこには、キャラバンでザナリックに持ちかけた商売の概要が書かれている。

俺が彼に持ちかけた商売は、廉価な砂糖の大量生産だ。

砂糖の原料であるサトウキビは、この大陸では育たない。サトウキビを育てるには、この大陸の気候では気温が低すぎる。

そのため、海を越えて東にある大陸からサトウキビを輸入しているのが現状。

この時代、船乗りの操船技術も船自体の造船技術もろくなものじゃない。そんな状態で遠く離れた東の大陸まで行くものだから、人件費が多くかかるし、船が沈没するなんて日常茶飯事、その分の値段が輸送費に乗っているのだ。

「砂糖が非常に高価なのは、海を越えて運ぶのに莫大なコストがかかるためです。しかし、何も砂糖はサトウキビからしか作れないわけじゃない。それこそがこの商売の肝です」

甜菜《てんさい》という植物からも生成できる。前世で甜菜の別名はサトウダイコン。

そして、その甜菜は馬や牛、家畜の飼料としてありふれたもの。市場でも買えてしまう。

「信じられない……家畜の餌《えさ》から高価な砂糖が作れるとは」

「ですが事実です。大規模な甜菜《てんさい》農園と、砂糖の精製工場を設立。それにより、従来と比べ十分の一以下で、より品質のいい砂糖を大量生産することが可能になります。この砂糖は甜菜から作った実物です」

この大陸で砂糖を生産できるなら、原価を十分の一にすることは十分に可能。

企画書には試算結果を書いてある。

これが成功すれば、大陸の砂糖市場を独占でき、天文学的な儲《もう》けになる。さきのコーヒーと同等、もしくはそれ以上だ。

「オルクくん、その砂糖を味見してもかまいませんか?」

「ええ、どうぞ」

「……上品で洗練された甘み、サトウキビのものよりも素直な甘さですね。勝負ができる」

「でなければ、このような商売を持ちかけられませんよ」

「ふむ、君の計画によると我がザナリック商会が、大規模な甜菜園を作り工場へ甜菜を納入、完成した砂糖の流通・販売を行う。君は工場を作り、砂糖の生産をする。我々は君に加工費を払い、あとは好きに砂糖を売って儲ける。納入する甜菜あたりの砂糖生産量、加工費、どれも良心的ですね……ですが、我々はいっさい砂糖の加工に携われないため、あなたを抜きに砂糖は作れない。主導権は渡さないということですか」

彼の言う通り商売の心臓部を俺が握っている。

広大な農園を作ったり、世界規模の流通は俺には不可能。

だが、工場を二つ三つ管理するぐらいなら、人を雇えばなんとかなる。雇われ店長ならず、雇われ工場長などはいくらでもいる。

「ええ、そこを手放せば、私の小さな商会なんてあっという間に呑み込まれてしまいますから。どうでしょう？　お互い、損のない取引になると思いますよ」

「ふむ……一つだけ、大きな懸念があるのです。君が我々に甜菜の砂糖への加工法を教えないのは、まあ、いいでしょう。ですが、君の工場から製法が漏《も》れないかが心配です。製法が漏れて、他の商会に真似《まね》をされれば、砂糖の独占は崩れてしまう。どの商会も安い砂糖が大量に出回れば、その秘密を暴こうとする。スパイを送り込む、従業員を買収する、知るものを拉致《らち》する。方法はいくらでもありますし、それを躊躇《ためら》わないほどの儲けがある」

抜け目がない男だ。

この商売は、ありふれた材料で砂糖ができるからこそ強い。

そして、ありふれた材料だからこそ製法が漏れれば簡単に真似されてしまうのが欠点。

「ご心配なく、工場で働く者たちは、砂糖を作れても、砂糖の製法は理解できません」

「どういうことですか？」

「砂糖を作る際の工程は十工程存在します。洗浄、裁断、糖分抽出、不純物除去、精製、濃縮、結晶化、分蜜、乾燥。それらの作業をそれぞれ分担して行い、全体像を見せない……それ以上に、不純物除去、精製、濃縮、結晶化、分蜜の工程は手作業では難しく、大掛かりで複雑な装置を使います。こちらを見てください」

準備していた、設計図を取り出す。

サトウキビから砂糖を作るのは手作業でも割りとなんとかなるが、甜菜《てんさい》から砂糖を作るのは手作業でやる場合とてつもなく時間と手間がかかるし、でき上がりもろくなものにならない。炭酸飽充槽、イオン交換樹脂塔、多重効用缶、真空結晶缶。これらは科学の知識を活用した装置がなければ話にならない。

だからこそ、前世ではサトウダイコンから砂糖が作られるようになったのは、サトウキビから砂糖が作られてから、千二百年も後になった。

正確に言うなら、甘い結晶を作る事は大して難しくない、だが普通に作ったのでは、ほうれん草を何倍も青臭《あおくさ》くしたような匂《にお》いと、エグみがあり、砂糖と呼べるような代物《しろもの》にならない。

「ここまで複雑な装置は見たことがない。図面を見ても原理すらわからない」

「私しか理解できないし、作れもしない。そして、工場で働くものに教えるのは装置の使い方のみ。故《ゆえ》に作業員は砂糖を作れても、製法はわからないのです。情報が漏《も》れることはありえません。甜菜で砂糖を作れることを知り、独自に研究をするものは現れるでしょう。ですが、私の作る砂糖と同程度の品質のものを作れるまでに三百年はかかる……この図面を盗まれることが唯一の懸念というところです」

それは紛れもない事実。

三百年以上科学が進まなければ、実現しない。

歴史がそれを証明している。

「いえ、懸念はそれだけじゃないですよ。装置そのものを盗まれることですね」

「盗まれないよう、そして大量に砂糖を作れるよう、とびっきり大きなものを作りますよ。でかければでかいほど容易には盗めません」

「それはいい。安心しました。では、さっそく工場と農園の候補地を押さえましょう。工場の人員も私が手配しますよ」

それは善意ではなく、ザナリックが俺を監視する意味がある。

だが、俺は彼を裏切るつもりはなく、彼に裏切られたところで、たとえ装置を分解されて、徹底的に調べられても再現できないものを作るつもりだ。

だからこそ、彼に任せて楽をさせてもらう。

「お願いします。ただ、工場長だけは私に決めさせてください。人となりを見て判断したい」

「いいでしょう。この計画書にある通りの人数を集めればいいのですね？」

「ええ、お願いします」

こうして、超大型プロジェクトが動き出した。

砂糖とインスタントコーヒー。

この二つで俺は超大金持ちになる。

やはり、商売はでかければでかいほど儲《もう》けが大きくていい。

また、こうやって面倒なところのほとんどを他人にやらせるとより楽だ。

ただ、いつか趣味の小料理店を開いて、愛する女たちとのんびり、過ごすのもいいな。

儲けるための商売じゃなくて、楽しんでゆっくりと流れる商売を楽しむ、そういう商売もまたいいものだ。

そういう、楽しみ方もできるよう、まずはがっつりと資金を稼いでおこう。

第六話：大富豪への道を爆走中のオークさん

あの商談から三か月が経《た》っていた。

インスタントコーヒーならぬ、インスタントコヒルクは先月から売り出され、三日前に第一回のマージンを受け取った。

想像以上の額で、あれだけの金が毎月手に入ると思うと笑いが止まらない。

そして、今日は本命のほうの商売である砂糖、そのために作った工場に視察へ向かっていた。

商談ではないので、クルルも一緒だ。彼女がとある事情から、一緒に来たがったのもある。

甜菜《てんさい》農園などは、まだ苗を植え始めたところだが、工場のほうは完成していた。

そのため、市場で購入した甜菜を工場に運び入れ、大絶賛稼働中なのだ。

「私たちが作った装置がちゃんと動いているか心配です」

「大丈夫だ。工場が稼働してから二週間目、トラブルの報告はあがってない」

砂糖を作るために必要な装置は、クルルにも制作を手伝ってもらった。いい練習になるし、複雑で巨大な装置だけあって一人ではかなりきつい。

クルルは剣の専門だったが、凄《すさ》まじく勘が良く、あっという間に戦力になってくれた。

クルルがいなければ、まだ工場は稼働していなかっただろう。

工場にたどり着く。

数百人が働いているだけあって巨大で、煙突からはもくもくと煙が出ていた。

「さあ、着いたぞ」

「大きな工場だね」

「もともとは、ぶどう園を併設したワイン工房だったんだ。おかげで立派な建物もあって工場への改造が楽だったし、近くに広大な農地もある。しかも、街に近いし、ちゃんと街道も整備されている。最高の条件だ」

工場と農地を見つけたのは、ザナリック商会の力だ。

砂糖工場を作るなら、これ以上の立地はない。

「でもさ、ものすっごく儲《もう》ける商売なんだったら、オルクだけでやればいいのに。今の契約じゃ砂糖の加工料しか儲からないんだよね」

商売のことがわかってきたティータが問いかけてくる。

「一人でできるならやったほうがいいな。だけど、不可能なんだ。まず、大規模な農園と工場を作るだけの金がない、工場は俺の所有物扱いだが、工場を作るのにかかった金は、ザナリック商会に融資してもらった。それに、金があってもいい土地を押さえるにはコネと情報網がいる、農園や工場で働く人間の質と数を揃《そろ》えるのは個人では不可能。砂糖を作れたとしても大規模に流通させるだけの力がない、小さな商会が廉価《れんか》な砂糖を売り出せば大商会から圧力と締め出しを喰らって潰《つぶ》される。というわけで、これだけでかい商売になると、大商会と共同じゃないとどうにもならない」

前世の知識があったとしても、組織力がなければ、大きなことはできないし、ちまちまやっても潰されるだけ。

今言った以外にも無数のハードルがある。

それらを一つひとつ片付ける手間を考えれば、始めから大商会と共同でやったほうがいい。

大商会に取り入り、その上で最大限の利益を手に入れるのがもっとも効率的なのだ。

今回の交渉は上々の結果、どれだけうまくやろうと俺個人で砂糖の商売をしていれば、今の十分の一も稼げなかっただろう。

利用できるものはすべて利用する。自分でできることとできないことを把握《はあく》する。この二つを徹底できなければ、一流の商人とは言えない。

「商売って難しいね」

「小さな商売なら、なるべく単独で完結させたほうがいいんだがな。まあ、いずれはティータもこういうでかい商売を一人でやるかもしれない。色々と見て学んでくれ」

「いや、無理だよ、こんなの！」

本人は無理だと言っているが、案外できる気がする。

最近では、助手として献身的にサポートしてくれていた。事務関係の仕事は完璧で、ティータがそれを引き受けてくれるおかげで、俺は事業に集中できていた。

もう立派な戦力だ。

そうこうしているうちに、工場の中に入る。

工場長が出迎えに現れ、会釈《えしゃく》し、俺たちを案内する。

工場で働く人たちを眺めながら歩く。

「うわぁ、完全に流れ作業だよね」

「ここまで完全に役割分担するって不思議な感じです」

「そっちのが効率いいからな」

この工場では二百人ほどが働いており、徹底した流れ作業だ。

甜菜《てんさい》を洗うだけの人、甜菜を切るだけの人、切った甜菜を装置に入れるだけの人、装置を操作するだけの人、砂糖の結晶を取り出し砕く人、袋詰めだけをする人などなど。

全員が極めて単純な作業だけを繰り返す。

この時代では、一つのものを作るときは全部一人でやるのが一般的。例えば、服を作るときは、仕入れ、デザイン、型取り、裁断、刺繍《ししゅう》、そういった作業を一人で順番にこなす。

服を作れるようになるまで長い長い修行が必要だ。全工程に必要な技術を習得しなければ商品が完成しないのだから。

だけど、この工場では洗うだけ、切るだけ、担当する装置の使い方を覚えるだけなので、一日あれば仕事ができるようになる。

これもまた前世の知恵。作業効率は比べ物にならない。

「私の作った装置がちゃんと動いてますよ！　感動します」

「クルルはよく頑張ってくれたよ」

全工程、一通り見て回ったが、どれも問題なく動いている。

俺とクルルが渾身の力で作った作品だ、そうそう壊れはしない。

工場を一通り見て回り休憩室に移動する。そして、工場長が砂糖の入った袋を開封し、皿に注いだ。

「オルク会長、これが工場で作られた砂糖です」

「ありがとう。ティータ、クルル、味見するか？」

「もちろんだよ」

「食べたいです！」

視察の締めくくりは試食だ。

市販の砂糖は、黒砂糖が主流。糖蜜を分離させると手間がかかる上に、量が減ってしまうため、わざわざ分蜜をしない。だけど、あえて白い砂糖を作っていた。癖が強い黒砂糖と違って白砂糖は品が良く素直で使い勝手がいい。

また、従来よりも質が良く安い、まったく新しい砂糖として売り出す場合、見た目からして違ったほうが印象づけしやすいという理由があった。

それに糖蜜は糖蜜で別売りするので収益も落ちない。

「うわあ、砂糖ってさらって口の中で溶けるんだね。とっても甘くて美味《おい》しいよ」

「いいですね。お砂糖、噂で聞いてたよりずっと素敵。高級な砂糖をいつでも食べられるなんてすごい贅沢《ぜいたく》ですよね。貴族様だって、そんなことなかなかできないです」

「原価を考えると贅沢でもなんでもないさ」

市場で買った甜菜《てんさい》を使っているため、当初の見込みより原価がかかっているが、それでも人件費や、ザナリック商会に投資してもらった金の金利を上乗せしても、従来の砂糖と比べると一割強。

ザナリック商会はすでにここで作った砂糖を売り出している。

従来の砂糖の半額で値付けをし、飛ぶように売れているらしい。コストが十分の一になろうが、バカ正直に価格を十分の一にすることはない。今までの半額にするだけでも相当のインパクトがある。

「工場長、出荷量と収支を見せてくれ」

「こちらになります」

「順調だな」

毎日、工場でさばける限界量の甜菜が運び込まれており、その加工費はしっかり支払われている。このペースだと、二か月もしないうちに、工場を作る際に融資してもらった金を完済できるだろう。……それにちょっと頑張りすぎだな。フル稼働で容易にさばけるってことは、近いうちに新しい工場を建ててくれと、要望が来るだろう。

「工場長、変わったことはないか？」

「いえ、とくには」

一瞬、目を逸《そ》らした。それも気まずそうに。

この工場には内偵を入れており、監視をさせていた。砂糖の横流しや、製法の漏洩《ろうえい》を防ぐためだ。

すでに、他の商会がここで砂糖が作られていることを突き止め、製法を知るためにありとあらゆる手を打ってきている。その一環として工場長が買収されていると報告を受けていた。

半信半疑だったが、彼の態度を見て確信する。

この工場長は信頼できると思って雇ったが、やはり大金をちらつかされると、人は弱い。

装置がブラックボックスになっていて、甜菜から砂糖を作る製法は漏《も》れないとはいえ、今後砂糖の横流しなどに手を染める可能性は十分ある。

監視を強化しよう。この男は優秀で得難いからこそ、害がないうちは小遣い稼ぎを許容するが、一線を越えれば容赦なく切ると決めた。

「さて、視察も終わったし帰るとしよう」

俺は、砂糖がぎっしり詰まった砂糖袋を一つ担ぐ。

お土産《みやげ》だ。これで、美味《おい》しいお菓子をたっぷりと作る。

今までもお菓子を作ってきたが、いかんせん砂糖が高かったので、甘みは蜂蜜やフルーツなどで補ってきた。

だが、これからは思う存分砂糖を使える。

「それ、いいのかな。ザナリック商会が納入した甜菜《てんさい》を砂糖に加工するお仕事だよね、砂糖を持っていっちゃうの着服じゃない？」

「契約だと、渡された甜菜あたりの砂糖納付量が決まっているんだ。それを越えた分は、好きにしていい。市場に流すのは禁止されているがな。帰ったら、これで砂糖たっぷりのお菓子を作ろう」

俺の商会が砂糖を売ることは契約で禁止されているが、自分で楽しむ分には問題がない。

契約段階で、ある程度バッファを見て渡す砂糖の量を決めているので、普通にやれば余る。

余った分は砂糖作りに失敗した場合の保険だったり、俺の趣味用。

……そして、ザナリックとの契約ではあえて抜け穴を用意しておいた。砂糖を売ることは禁じられていても、砂糖を加工してできたものを売ることは禁じられてはいない。

例えば、ある程度砂糖が余り始めたら、砂糖をふんだんに使ったお菓子を売り出すなんてのもありだ。

「ちょっとずるい感じがしますが、砂糖の誘惑には勝てません……砂糖たっぷりのお菓子、楽しみですね」

「私も楽しみ、オルクって料理だけじゃなくてお菓子づくりも上手だから」

「期待していいぞ」

女にモテるために料理修行をした俺が、料理より女受けする菓子を極めていないはずがない。

世界レベルのパティシエ、その技を見せてやろう。

「じゃあ、帰ろう」

「あっ、お菓子作り、私も手伝わせてよ。そういうの、できるようになりたいんだ」

「面白そうですね。私もお菓子作りをやってみたいです」

それはいい。

美少女たちとわいわい、お菓子作り。

きっと、一人で作るよりも楽しくて、ずっと美味しいものができるだろう。

第七話：女の子の機嫌をとるにはスイーツ

三人で楽しくお菓子作り。

クルルもティータもお菓子作りは初めてのようなので、簡単なものにした。

今回作るのはホットケーキ。

ホットケーキを選んだのは簡単かつ、手早くできるからだ。

パウンドケーキなども簡単でいいのだが、この世界のオーブンを一定の温度で長時間保つのはなかなか難しいし、根気がいる。

「簡単にできるから、俺の言う通りに作ってみてくれ。俺は手伝うだけで作るのは二人だ」

「これは、責任重大だね」

「でも、わくわくします」

ティータも、クルルもとても楽しそうだ。

俺の指示通り、しっかりと材料を計量している。

お菓子作りにおいて、計量は最重要だ。料理はある程度アバウトでも美味《おい》しくできるが、お菓子を美味しくするには、とにかくきっちり正確に作らなければならない。

計量が終わると、いよいよお菓子作りが始まる。

「うわぁ、卵割るの失敗しちゃった、黄身が潰《つぶ》れちゃったし、カラが入っちゃったよ」

「しっかりカラを取れば問題ないさ」

「私のほうは大丈夫そうです。これぐらい混ぜればいいですか？」

「ああ、十分だ」

若干のトラブルはあるものの、順調にホットケーキ作りは進んでいく。

ホットケーキのタネは完成だ。

フライパンが温まったので、バターをたっぷりとひく。

「えっと、おたまいっぱい分だけだよね」

「それがベストだ。なるべく高いところからゆっくりと垂らしていけ」

「えいっ、ああ、自然ときれいな形になっていくね」

フライパンに注がれたホットケーキのタネが自重で広がっていく。

ホットケーキをうまく作るコツは、高いところからゆっくりタネを注いで、自重で広がるのを待つことだ。そうすると綺麗な形で、適度な厚さになる。

バターと砂糖のいい香りが漂ってきた。

「ねえ、オルク、これ、いつひっくり返せばいいかな？　もう焦げちゃってない？」

「簡単だよ、ぽつぽつ穴が空いてくるから。それまでは我慢」

「ちょっとじれったいね、あっ、穴が空いてきたよ」

「じゃあ、ひっくり返してみよう」

「ちょっと、緊張するね」

ティータが慣れない手付きで、フライ返しでホットケーキをひっくり返した。

「やった、うまく行ったよ。キツネ色で、美味《おい》しそう！」

ひっくり返すときに若干、端のほうが曲がってしまったが初めてにしては上出来だろう。

「あとは、二分ぐらい待てばできあがりだ」

砂時計をひっくり返す。

ここまでくれば、もう失敗する要素はない。

ティータは焼き上がったホットケーキをおそるおそる、皿に移す。

「これで完成だね。すごい、私、お菓子作れちゃったよ！」

「次は私の番です。私もうまくやって見せますよ！」

クルルが燃えている。

クルルはおそろしく器用だから、完璧に仕上げてくれるだろう。

◇

夕食どきになった。それぞれの皿にはホットケーキが山盛りだ。

あれからもたくさん焼いた。

二人ともけっこう食べるほうだし、ホットケーキを焼くのがよほど楽しかったようだ。

「それじゃ、食べようか」

「うんっ、……あっ、美味しい。香ばしくてふわふわで甘いよ。あつあつなのがいいね」

「はいっ、ものすごく美味しいですね」

二人の目がきらきらと輝いていた。

甘いものが貴重な時代に砂糖をふんだんに使ったお菓子、美味しくないはずがない。

なにより、自分で作ったという満足度と、焼き立てというアドバンテージ。

ただ、さすがに最初のほうに焼いたのは冷めているのがもったいない。

(今度、ホットプレートでも作ろうか)

電気はないが、卓上に鉄板を置いて、火の精霊に頼んで温め続けてもらえればホットプレートとして成立する。

あれなら、焼き上がりを即座に口に入れられてより楽しいだろう。

ホットプレート作りは手間だが、ティータとクルルが喜んでくれるなら、苦労はいとわない。

それに、お好み焼きパーティなんてのもできる。ああいうの、二人とも好きそうだし。

しばらくすると、二人の食べるペースが落ちてきた。

「美味しいけど、さすがに作りすぎちゃったね」

「けっこうお腹にたまりますね」

量より、飽きが問題だろう。

ホットケーキは美味《おい》しいが、単調な味だ。そのままでたくさん食べるのはきつい。

「もうお腹いっぱいか。それは残念だ。このホットケーキをもっと美味しくできる魔法を用意したのに」

俺は、キッチンからとっておきのものを持ってくる。

「うわぁ、いろんなジャムがあるね、とっても綺麗だよ」

「リンゴに、ブルーベリーに、クランベリーに、杏《あんず》に、モモ、どれも綺麗ですね」

瓶詰《びんづ》めされた、色とりどりのジャムが宝石のように輝いていた。

「市場に売っていた果物を片っ端から買ってジャムにしたんだ。もうすぐ冬が来るだろう？　ジャムにすれば冬でも果物を楽しめる。ホットケーキはそのままでも美味しいが、好みのジャムを付けるともっと美味しい」

目の前で実演をする。

ホットケーキにスプーンで、たっぷりジャムを塗っていく。

「あっ、オルク、そんなにたっぷり!?　ずるいよ。私、クランベリーをもらうね」

「私は杏です」

ティータとクルルはそれぞれが好きなジャムを塗る。

「「美味しい（です）」」

俺の秘密兵器がお気に召したようで、目に見えてホットケーキを食べる速度が上がった。

さきほどまでお腹いっぱいだと言っていたのが嘘のようだ。

二人とも、いろんなジャムで味を変えながら食べていく。

そうすれば飽きがこない。

「ここまで喜んでもらえると作った甲斐《かい》がある」

「ジャムって高くて手が出なかったけど、こんなに美味《おい》しいものだったんだね」

「しかも、いつでも食べられるなんて……これ、ぜったい売れますよ」

「俺もそう思う」

砂糖というのは美味しいだけじゃなく、保存食にも使える。

ジャムにして瓶詰《びんづ》めにすれば何か月も保存できるのだ。

ザナリック商会との契約で、砂糖自体を売れないが、ジャムに加工して売り出すのは十分ありだろう。

秋にたくさん作っておいて、果物が手に入らない冬に売り出せば、飛ぶように売れるはずだ。

山ほどあったホットケーキを二人とも完食してしまう。

「もう、おなかいっぱい、幸せだよ」

「甘いものはいいものです」

「砂糖は必需品だな」

「貴族の人たちとかが、高くても買う理由がわかりました」

「もう、砂糖なしの生活には戻れないよね」

二人はとても幸せそうな顔をしている。

頑張った甲斐があったというものだ。

「これからも、機会があればお菓子を作ろう」

「ありがとう。オルクが砂糖を安く作ってくれたおかげで、幸せな体験ができたよ」

「私たちだけじゃなくて、たくさんの人がオルクさんに感謝すると思います。だって、砂糖が安くなったおかげで、貴族様とかお金持ちだけのものだった甘いお菓子をみんなが食べられるようになるんですから」

「そうなるといいな」

俺は俺の儲《もう》けのために商売をする。

でも、その結果、たくさんの人が幸せになってくれるならそれに越したことはない。

……まあ、俺が砂糖を安くしたせいで不幸になる人も出てくるのだが。

例えば砂糖商人だ。今後、命がけで海を渡って仕入れた砂糖の市場価格が崩れて泣きを見るだろう。

とはいえ、そういうことを気にしていたら何もできなくなる。

ある程度の割り切りも必要だ。

「こういう日々がずっと続くといいですね。たくさん勉強して、好きなことをして、美味《おい》しいものを食べて。ふふっ、オルクさんと結ばれてから幸せなんです。最近、オルクさんがハーレム、ハーレム言わないのも、いい感じです」

「あっ、クルル、駄目だよ。そんなこと言ったら、オルクがハーレム探しのことを思い出しちゃうよ」

「あっ」

クルルが慌てて口を塞《ふさ》ぐ。

二人は、俺がこの三か月、二人を愛して、商売に精を出していたのを、ハーレムメンバー増やしを忘れていたからと思っていたのか。

残念だがそれは間違いだ。

「……いや、別に新しいハーレムメンバー探しを忘れてたわけじゃないからな。探偵を使って、俺のハーレムにふさわしい、美女、美少女の情報はしっかり集めてる。だが、なかなかティータやクルルほどの子が見つからないんだ」

闇雲にハーレムメンバーを探して、いろんな街を訪れても、無駄足に終わってしまう。

だからしっかりと金を稼ぎつつ、情報収集のプロに高額な依頼料を払って情報を集めていた。

定期的に報告を受けており、その都度、チェックしているし、時には日帰りで実物を見に行っている。

しかし、基準をティータやクルルにすると、一歩も二歩も劣《おと》る。ティータもクルルも超がつくほどの美少女でいい子。そんな子がそうそう居るはずがない。

「当たり前だよ。クルルみたいに、ものすっごく可愛《かわい》い子なんているわけないよ」

「ティータさんみたいな超美少女なんて、他にいません」

ほとんど同時に、お互いがお互いを褒《ほ》めあう。この二人、気が合うのかとても仲がいい。

「そのとおりだ。ハーレムメンバーはみんな同じぐらい魅力がないと、うまくいかない。ティータとクルルという超級美少女を手に入れたせいで、ハーレムを作る難易度が跳ね上がってるんだ」

二人が顔を赤くする。

「そういうこと真顔で言えるのってすごいよね」

「照れちゃいますけど、ちょっとうれしいです」

「ただの事実だからな。ともかく、俺はハーレムを増やすことは諦《あきら》めていないし、やるべきことはしっかりやってる。そこは勘違いしないように」

「……ううう、残念。私たちだけを見てくれるようになったと思ってたのに」

「はいっ、でも、今のでいいことに気付きました。私たちと同じぐらい魅力的な子じゃないとハーレムに入れないなら、もっとオルクさんに魅力的だって思ってもらえばいいんです。そしたら、今以上にハードルがあがります」

「あっ、それいい考えだね！　これ以上、ハーレムメンバーが増えるのを阻止できるよ」

美少女というのは、企《たくら》み顔をしても可愛《かわい》い。

二人がこそこそ小声で作戦会議を行う。それが終わるとドヤ顔をしながら口を開く。

「今日はオルクさんがしたいことなんでもしてあげます」

「私たちの魅力で骨抜きにしちゃうよ。なんでも言っていいからね」

なんでもだと!?

二人に嫌われないようにずっと我慢していた、あんなことや、こんなことを頼んでいいのか!?

それはなんて、素晴らしい。

二人が立ち上がって、両側からしなだれかかってくる。

甘い匂《にお》い、二人の少女特有の甘い匂いだけじゃなく、さっきまで食べていたホットケーキとジャムの甘い匂いがした。

ごくりっ。

オーク特有の、桃色脳みそが高速回転して、とんでもないプレイを思いついてしまう。

いや、それはさすがに。でも、思いついたら、止められない、やりたい、とてもやりたい。

「本当に、なんでもいいんだな」

「いいよ。でも、痛いのはやめてほしいかな」

「それと、他の人に見られたりするのは嫌です」

「安心しろ、そんなのは俺も嫌だ」

世の中には女の子が苦しむのを見たり、他人に好きな女を抱かせるシチュを好むような輩《やから》がいるらしいが俺には理解できない。

好きな人には気持ちよくなって欲しいし、俺だけのものにしたい。

「ティータとクルルを食べたい」

「えっ、それは、その、さすがにいやかな、死んじゃうよ」

「なんでもって言っても、そういうのは駄目ですよ」

「あくまで比喩《ひゆ》表現だ。そう、二人に生クリームとジャムをたくさん塗って、甘いお菓子にしてぺろぺろしながら愛し合いたい」

女体盛りならぬ、女体デコレーション。

想像しただけでそそる。

乳首に生クリームを塗ってしゃぶる。背徳的で、甘美で、お菓子の甘さと美少女の甘さ、両方を楽しめる。

世界最高のデザートを作り上げてみせよう。

「うん、その、それなら、いいよ、恥ずかしいけど」

「意味がわからないですけど、オルクさんが喜ぶなら、いいです」

ごくりっ、生唾《なまつば》を呑む。

なんだと、まさか、こんな妄想を受け入れてくれるなんて、なんて最高の女たちなんだ。

もう、ティータとクルルが居たら、他に何も居らない。

はっ、まさか、これこそが二人の狙い!?

まずい、だけど。

「お願いします。デコレーションして、しゃぶって、愛しあわせてください」

わかっていても、こんな誘惑耐えきれるはずがない。

今の俺は、エッチなパティシエだから!

「うん、いいよ。じゃあ、体洗ってくるね、念入りに体を洗わないと。ぺろぺろされちゃうし」

「ですよね、そういうことするなら、いつも以上に綺麗にしないと駄目です」

「いや、あえて二人の味を楽しむためにそのままで」

「「それはさすがに無理(です)」」

わからない、女体デコレーションまで許可しておいて、それを断る理由がわからない。

だが、幸いなことにこれで時間ができた。

二人が体を洗っているうちに、デコレーションするための材料をこしらえよう。

生クリームにジャムだけじゃ味気ない。

二人を最高のスイーツに仕立ててやろう。

第八話：「性欲と食欲を同時に満たしたらすごかった」ｂｙオークさん

二人がシャワーから出てくるころには材料が揃《そろ》っていた。

美少女をクリームやジャムでデコレーションするときに、いくつかハードルがある。

まず、普通のクリームは体温でダレてしまう。

それはよろしくない、なのでバタークリームを作った。

バターを使いつつもきれいな白を実現するには、工夫と腕がいるが、俺ならば可能。

そして、色とりどりのジャムでデコレーションするにしても、やはりベースはクリーム。

二人とも、同じ色のクリームを基調にするのは面白くない。

二人との相性も考え、ティータには純白を、クルルにはコーヒーもどきを混ぜて黒いクリームを作り上げた。

さらに、ジャムは新しく作り直している。甘さというのは温度で変化する。人肌でもっとも美味《おい》しくなるよう糖度を変えた。こだわりにこだわり抜く、それが二人への礼儀だ。

俺の部屋に二人がやってきた。

薄い寝間着だ。

「待っていたよ、ベッドに寝そべってくれ」

「ううう、ちょっと恥ずかしいね」

「あの、灯りを消してもいいですか？」

「これからデコレーションをするんだ。暗いと無理だよ」

できないことはないのだが、俺はエッチなオークなので、明るいところでまじまじと見たい。

いつもは断る二人も、なんでもすると言った手前断れないようだ。

真っ赤な顔になりながらも服を脱いで、ベッドに横たわり、恥ずかしさを紛らわすために、俺から目を逸《そ》らし、お互いを見る。

俺のベッドはハーレムメンバーみんなで愛し合うことを考えて、特大だ。

二人が寝そべってもかなり余裕がある。

……ティータと結ばれるまで、このクソ広いベッドを一人で使うたび、とても虚《むな》しい気持ちになっていたのは秘密だ。

「クルルのおっぱい、大きいね。羨《うらや》ましいよ」

「ティータさんだって、大きいほうです。むしろ、それぐらいのほうが良かった。ティータさんは腰とかすっごい細くて、見惚《みと》れちゃいそうなスタイルですよ。羨ましい。私は背が低くて、子供っぽくて、なのに胸だけ大きくて変です。それに」

クルルがティータのあそこと自分のあそこを見比べて落ち込んだ顔をした。

ロリ巨乳のクルルはそこも子供っぽい……具体的には毛が生えてない。

でも、それを含めて魅力的だ。

「二人とも、それぞれ違った魅力があるんだ。どっちが上なんてない。ティータの整ったスタイルも、クルルの巨乳と子供っぽさが同居するアンバランスな魅力も、どっちも愛してる。ほら、見てくれ、これを」

二人を魅力的に感じている証拠を指差した。

どんな言葉よりも明確に、二人に欲情していることがわかるはずだ。

なのに、二人とも冷たい目を向けてくる。

「たまに不思議に思うよ、なんでオルクを好きになったんだろうって」

「はい、中身が完全にエッチなおじさんです……でも、他にいいところがたくさんあるから、許せちゃいます」

「うん、だよね。好きになった私たちの負けだね」

「ティータ、クルル！」

なんて可愛《かわい》いんだ。もうがまんできない。

服を一瞬で脱ぎ捨て、ル〇ンダイブ。

「愛し合ったら、お菓子にされてあげないよ」

ティータの言葉で、空中で無理やり姿勢制御、腕から着地し、前回り受け身で、ベッドから華麗に飛び出る。

「無駄にすごい反応速度です」

「あっ、危なかった」

「愛し合って、ぜんしん、その、いろんなので、ああ、なっちゃったあと、舐《な》められるとか、嫌だもん」

「それはそうですね」

一理ある。この衝動に任せて愛し合ってしまってもいいのだが、やはり今日は夢を叶《かな》えてしまいたい。

鉄の意志と鋼《はがね》の強さで我慢する。

「ごほんっ、じゃあ、二人をデコレーションさせてもらおう」

サイドテーブルにいくつも並べていたボウルの一つを手に取る。

そして、丸めていた紙を広げた。

「あの、オルクさん、その絵って、なんですか」

「二人がシャワーを浴びてる間に作った設計図だ」

「だから、オルクは変なところにこだわりすぎだよ！」

お菓子の基本は徹底的なレシピの遵守《じゅんしゅ》。

事前準備には手を抜かないのだ。

「最高の素材を使うんだからな、こだわりすぎなんてことはない。行くよ」

「ひゃっ」

「これ、ちょっと冷たいです」

二人の体をクリームに塗る。

そのたびに二人が反応して、それを隠す仕草が可愛《かわい》くて、もう俺のオークさんが限界だよ。

でも、その猛《たけ》りと欲望を抑えて、職人に徹する。欲望がどれだけ燃え上がろうと、それで己の技を鈍らせることはない。やるべきことをやる。己の全力を出し切っていく。

なぜなら、俺は一流のパティシエだから。

心はマグマの情熱、頭は絶対零度の冷静。

それは製菓だけでなく、戦闘でも基本であり奥義《おうぎ》。

師匠たち、ありがとう。あなたたちの教えは、今、花開いてます。

「うわぁ、クルル、すごいことになってるよ。エッチだけど、美味《おい》しそう」

「ティータさんも、その、すごいですよ。女の私でも、舐めたくなります」

菓子作りに求められるもう一つの要素、それは速さ。

精密機会の如《ごと》き正確さをもたせたまま、神速で手を動かす。

あっという間に、精緻《せいち》かつ大胆なデザインで施《ほどこ》すデコレーションが完成へと近づいていく。

「オルクさんって、芸術面でも超一流だったんですね。武器とか道具を作ってるとき機能性重視だったから意外です」

「そういったものに、芸術は必要ないからな。でも、今はそれが必要で、それを為《な》すだけのセンスと技量が俺にはある」

それも女にモテるため。

美しいものを理解するセンスがない男は、モテないのだ！

「完成だ。今の二人は、世界一のお菓子だよ」

ティータとクルルのデコレーションが完成する。

ティータは純白のクリームをメインに、明るい色のジャムをちりばめた、明るさと可憐《かれん》さを表現。

クルルは黒のクリームをメインに、暗めの色のジャムを効果的に配置し、大人の色気を醸《かも》し出す。それにより、ロリ巨乳という相反する二つの魅力を内包したクルルの魅力をより強調した。

どちらも、エロかわ美味《おい》しそうという、新次元にたどり着いている。

ごくりっ、自然と生唾《なまつば》が出てきた。

「あはははっ、もう、ここまでされると逆に笑えるよ」

「なんというか、ちょっと、楽しくなってきてる自分が悔しいです。……自分の姿が見えないのが残念ですね」

二人とも寝そべっていて、視界が制限されている。変に動くと俺のデコレーションが台無しになるから、動けない。

お互いの姿はかろうじて見えるが、自分の姿は見えないようだ。

「見たいなら、見せてやろう……よし、できた二人の絵だ」

魔術を行使して、紙に二人の姿を転写した。

それはもう絵ではなく写真だ。それも超高画素の。

「ええええ、なに、これ。こんなふうにされてるの⁉　でも、ちょっと、素敵かも」

「こんなにエッチで美味しそうなのが私ですか⁉」

意外に好評なようだ。

女体デコレーションなんて、頭がおかしいし、生半可《なまはんか》な腕でやるとギャグにしかならない。

だが、俺の技術とセンスでティータとクルルというとびっきりの美少女を素材にすれば、芸術品として成立させられる。

「後で、この絵を二人にプレゼントするよ。いや、どっちかと言うと写真だな」

「写真って何？　っというか、ちょっと待って、たしかにいいなって思ったけど、この姿が一生形に残るのはさすがに嫌だよ！」

「私もですよ。なんで、こんなことできるんですか⁉」

俺が生み出した写真がよほど不思議に感じられるらしい。

「逆になぜできないと思ったんだ。俺のイメージを紙に転写する魔術は何度も見せただろうに。

文字や図をイメージするより、見たそのままを転写するほうがよほど楽に決まっているだろう」

「言われてみれば……ねえ、オルク、もしかして、今まで見た、私の恥ずかしいところとか、そういうので残してないよね」

「あっ、そんなのあったら、もう私、どんな顔をしていいかわかりません！」

「安心してくれ、そんなものはないさ」

本当だ。

写真になんて出力してない。

なにせ、記憶操作系の魔術で、俺が忘れたくないことは全部、完璧な状態で保存していた。一生劣化しないし、いつでも思い出せるし、なんならいつでも魔術で写真として出力できる。

今回は二人が見たがったから出力したが、俺にはその必要なんてないのだ。

毎日毎日、俺の脳内フォルダには二人の魅力的な画像と動画が追加されており、時折鑑賞会を開いていた。

やはり、初めて愛し合ったときは特別で、とくによく鑑賞していたりする。

「嘘じゃないようだね。安心したよ」

ティータは鋭く、嘘をすぐに見破るが、今回みたいに本当のことを言ってない場合、簡単に騙《だま》されてくれる。

本気で商人を目指すなら、こういうチョロさも直していかなければ。

商人は交渉で嘘をつくことは意外と少ない。嘘は非常にリスクが高いからだ。

だから、商人たちは、見せる情報を制限して相手を勘違いさせる手法を多用する。これを活用し、逆に相手のそれを見破れないと商人相手に交渉などできない。

「良かったです。あれ、万が一にも誰かに見られたら恥ずかしくて死んじゃいます……くしゅんっ、ちょっと肌寒いです。あのオルクさん、早く食べてください」

「ああ、さっそく頂こう」

ごくりっ、生唾《なまつば》を呑む。

なんて、美味《おい》しそうな美少女だろう。

いただきますっ！

「ひゃうっ、オルク、赤ちゃんみたいだよ」

まずは生クリームで彩ったティータの乳首にしゃぶりつく、バタークリームの味と共にティータの味が広がっていく。ティータのそれは花の蜜を連想させてくる。

切なそうなクルルの視線を感じたので、今度はクルルをいただく。

クルルの美味しそうな太ももにはジャムが塗ってあった。

「そこ、舐《な》められると変な感じがします」

そして、ジャムの道をたどっていくと、本人は子供っぽいことにコンプレックスを感じている、可愛《かわい》らしい秘密の場所があった。

クリームの黒とクルルのピンクとのコントラストが美しい。

「きゃっ、んんんっ、やっ、いつもより、感じちゃいます。うんっ、なんで」

クルルがびくんびくんと背中が跳ねそうなのを必死に我慢している。

いきたいのに、いけない、いっちゃうと、体が動いて俺のデコレーションを台無しにする。

だからこそ必死の我慢。

そのいじらしさがまた可愛《かわい》い。

クルルのそこは、デザートチーズのように甘酸っぱく、コーヒークリームとの相性もなかなか。

「ひゃうっ、そんなとこ、ばっか、いじらないでください、もっ、もうらめです」

クルルが絶頂する寸前を見計らって口を外す。

「はぁはぁ」

クルルが息を荒らげて俺の顔を見る。

その顔には、どうして？　もう少しだったのにと書いてある。

「もっと味わったら、最後までイカせてやるからな」

「ううう、生殺しですよ」

クルルの尻尾《しっぽ》が不満そうにベッドをパシンっと叩《たた》いた。

「オルク、私のときより、クルルのほうが美味《おい》しそうに食べてた。ちょっと嫉妬《しっと》しちゃうよ。

私をもっと食べて」

ティータが嫉妬している。

じゃあ、リクエストに応えて次はティータをもっと味わおう。

次は、下の方をもらおうか、うっすらと金色の茂みと白いクリームと赤いジャムのマリアージュ。

こっちも美味しそうだ。

「ああ、最高だ。うまい、うまいぞー」

「あんっ、オルク、そこ、舐《な》めながら、話さないで、息が、ひゃんっ」

こうやって、二人の味とお菓子の味を味わうのは最高だが、いかんせん、それをしている間、どんどん俺のオークさんが別の意味で二人を食べたくなってしまって、おかしくなりそう。もう、ぱっつんぱっつんで、爆発しかねない。

最高のお菓子を食べたあとは、ちゃんと俺のオークさんで二人を別の意味で食べさせてもらわねば。……いや、そのまえに俺のオークさんをクリームまみれにして、二人に食べてもらうのもいいかもしれない。

今日は最高だ。

このデコレーションプレーは我が家の定番にしよう。

俺は、そんなことを考えつつ、今度はティータの秘部に顔をうずめた。

第九話：ほとんどの人が忘れているけど、オークさんは王族です

翌朝、俺は土下座《どげざ》していた。

そんな俺を半裸のティータとクルルが見下ろしていた。

「もう、死ぬかと思ったよっ！」

「いくらなんでも底なし過ぎます！」

たっぷりと二人を食べたあと、二人を別の意味で食べた。……いつも以上に激しく。

なにせ、性欲を我慢しながら念入りに隅々までぺろぺろと、最高のデザートを楽しんでいたせいで性欲ゲージが天元突破していたのだ。

さらに食べ終わる間際、二人が私たちもお菓子を食べたいと言って見せてくれた、美少女二人がお互いを舐《な》め合うスイーツ百合《ゆり》プレイ。

そしてそして、俺のオークさんや乳首に生クリームを塗っての……ごほんっごほんっ。

つまり、もう理性がぶっ飛んだのである。

いつもは二人の様子を見ながらセーブしているのだが、今回は完全に暴走した。

「すまなかった反省している。でも、ティータとクルルが悪いんだよ？　……あの、その、ごめんなさい」

今のタイミングで、オークティック・ジョークは火に油だった。

まあ、そもそも二人に、今の元ネタなんてわかるわけないんだけど。

「ふう、次から気をつけてね……その、オルクのために、がんばってあげたいし、オルクの欲望、全部受け止めてあげたいけど、……普通に、死んじゃいそうだったからね」

「……あんなので窒息死とか、嫌すぎます」

こういうときは自分がオークなんだなーって思う。

耐久力も、量も、回復力も、すべてが人間離れしている。

「ああ、ちゃんと気をつけるよ。だから、その、次からも愛させてくれ」

「うん、いいよ。私も、もうちょっとがんばって、オルクが我慢しないでいいようになるから」

「でも、こういうのどうやって鍛《きた》えればいいんでしょうか？」

「ああ、それだけど、人数が増えれば一人あたりの負担が」

「……それが嫌で、オルクに好きにさせてあげたんだよ」

「本末転倒です。でも、いつまでもオルクさんが我慢しないといけないのは可哀相《かわいそう》ですよね」

二人の優しさが痛い。

だけど、しょうがない、こればかりはどうにもならない。

だいたい、一人や二人でオークの性欲を受け止めるなんて不可能だろう。

いや、例外がいたか。

「母さんは、父さんの性欲一人で受け止めてたな。テクニックもすごいらしいし、体力も……」

勇者の規格外の体力かつ、気を使いこなす。なによりも、父さん曰《いわ》く、すごいらしい。

まあ、そんな話を父親から聞かされていたときは、うんざりしていたけど。両親の夜事情なんて知りたくなかった。

「つまり、オルクさんのお母様に弟子入りしたら、オルクさんを一人で満足させられるようになるんですね！」

「それ、いいね。オルクのお母さんに手紙を書いたら、来てくれるかも。むしろ、お嫁さんなんだし、私たちからご挨拶《あいさつ》にいったほうがいいよ」

「あっ、そうですね。そういうのしっかりないといけません」

「本当に止《や》めてください、お願いします」

再び土下座《どげざ》をする。

「そんなに嫌なの⁉」

「嫌に決まってるだろうが！」

何が悲しくて、母親に嫁の性技を鍛えてもらわないといけないのか。

きっと、あの母さんのことだ、ありとあらゆることを二人から聞き出す。俺の性癖とか、弱い所とか、そんなの親に知られるのは恥ずかしくて耐えられない。

母さんがにこにこ笑って「あら、オルクちゃんったら、そういうの好きなんですね？」とか言ってくるのが目に浮かぶ。そんなことされたら、俺は首を吊る。

「そこまで嫌なら無理にとは言いません。でも、挨拶《あいさつ》だけはいつかちゃんとさせてくださいね」

「ああ、それはちゃんと折を見てな」

その折というのは、いつかハーレムが完成してから、みんなでという意味だ。

俺は夢を叶《かな》えるまで、あそこに帰るつもりはない。

「とにかく、これで話は終わりにしよ。みんなでシャワーを浴びようよ。もう、体中、べたべただよ」

「私も気になってました。キツネは匂《にお》いに敏感なんですよ」

「ああ、行こう」

「言っとくけど、エッチなことは駄目だからね、まだひりひりしてるもん」

「顎《あご》がだるいです」

「……いや、さすがの俺も、あれだけひどいことをしたあとに、襲ったりしないからな?」

「だね、なんだかんだ言って優しいし」

「我を忘れないうちは信頼してます」

良かった、そこはちゃんと信用してもらえたようだ。

三人で楽しく、シャワーを浴びるとしよう。

頑張れ、俺の理性！　俺のオークさんはとっくに回復済！

シャワーを浴びる美少女はオーク的にエッチポイントが高くて襲いたいけど、二人への愛で耐えてみせよう。

◇

シャワーを浴びたあとは、それぞれ好きなことをしていたが、来客が現れて応接間に招く。

相手が相手だけに、いきなりの来客だったが追い返すこともできなかった。

執事服に身を包んだ老紳士と、上等な軽装鎧《よろい》をつけた騎士が二人。

見るものが見れば、彼らの身なりから、高貴な身分だとわかるだろう。

老紳士は席に着き、騎士二人は背後に控えていた。

騎士の実力は一流の前に、超を付けてもいい。この街で彼らに勝てるものは俺ぐらいだろう。

ティータとクルルも席に着いている。

先方が、そうしてほしいと言ったからだ。

「美しい奥様方ですね」

「えっと、私たちを見て驚かないの？」

ティータが驚いているのは、この街は人間至上主義だからだ。なのに、老紳士はそういう匂いを一切感じさせない。

「どのような種族の方でも、美しい方は美しい。それだけですよ」

老紳士は当たり前のようにそう告げる。

その価値観を持っている者は実はそう多くない。それは個人というよりも、街や国によって違う。

例えば、クルルがいた聖域、そこでは剣の巫女《みこ》たるクルルのようなキツネ耳の種族を崇《あが》めて来たため、異種族に対する偏見がない。

そして、老紳士の所属する国、大陸一の超大国フォーランド。

あの国は人間至上主義だったが、十数年前、魔王との戦いの果てに和平、共存を選び、人間と魔物が平等であると徹底的に教育を始めた。

魔物たちと争うより国益が大きいと判断したのもあるし、フォーランドの姫が魔物と呼ばれる種族と結ばれたのも大きい。

ただ、それでも年配の方にはまだ差別をするものはいる。だが、彼はそうじゃない。

「嬉《うれ》しいね、人間がみんな、この人みたいだったらいいのに。えっと私は、ティータだよ。オルクのお嫁さん、よろしくね」

「私も自己紹介します。クルルです。私もオルクさんの妻です」

「これはこれはご丁寧《ていねい》に。私はムーラン・ダジェル。フォーランド王国にて、大臣を務めております」

「えっ、あの、大臣って王様を補佐する、あの大臣」

「ええ、その大臣です」

「なんで、そんな、偉い人が、オルクを訪ねてくるの!?」

ティータの目が白黒する。

ムーランは人のいい笑みを崩さない。

「奥様には御身分を明かされていないのでしょうか？」

「伝えてはいるが、信じてもらえなかったんだ。……久しいな、ムーラン」

この大臣、ムーランとは旧知の仲だ。

賢王ヴァレオの試験で、クーデターが起こっている小国を統治するとき、彼が補佐についてくれた。

俺への試験だったため、彼は自ら動くことはなく、指示しない限りただ静観した。

だが、アドバイスを求めれば、その幅広い知識から適切な答えをくれたし、命令を完璧にこなしてくれた。

彼の補佐なしに、あの国を救うことはできなかっただろう。俺は彼の人格も能力も信頼している。

あとから知ったが、彼もまた英雄。賢王ヴァレオの右腕、賢王と共に小国に過ぎなかったフォーランドを超大国に押し上げた立役者。魔王軍との和平が為《な》されたのも彼の力が大きい。

賢王ヴァレオが引退してからも王族に寄り添い、国を支えてくれている。

「そういうわけでしたか。奥様方に身分を隠されているのでないのなら、いつものように呼んでもいいわけですね」

「ああ、構わんよ」

「オルク王子、頼みがあります。フォーランドに戻ってきてはもらえないでしょうか？」

オルク王子、そうムーランは俺を呼ぶ。

勇者にして、フォーランドの姫、ミレーユ・フォーランドの一子、それこそが俺なのだから。

「「えええええええええええええ」」

ティータとクルルが驚きの声を上げる。

「何を驚く。俺がフォーランド王国の王子だって前に言っただろうに」

「いや、あれ、本当だったの!?」

「てっきり、いつものオークティック・ジョークだと思ってました！」

うん、わかっていたよ。

俺だってそこらで会ったやつが、実は俺、王子なんだぜ！　なんて言ったって信じないし。

「というわけで、俺は本当に王子なんだ」

「補足させていただきますと、どの王子や姫よりも優秀で、引退した賢王も、そしてこの老体も、次期国王になっていただきたいとお願いしているのです。……残念なことに、オルク王子は首を縦に振ってはくださらないのですが。奥様方も説得に協力していただけませんか？

オルク王子が帰還し、国王になれば、あなた方は王妃ですよ」

「ムーラン、前から言ってるだろう。俺は愛する女を背負うので精一杯だ、数十万の国民を背負うつもりはない。第一、俺には王の資質があっても資格はないと知っているだろう。ましてや超大国になったフォーランドは平和そのもの。俺でなくても十分にやっていける」

俺は自分が優秀であることを否定しない。

そうなるように、師匠たちが俺を鍛《きた》えて、それに応えた自負がある。

優秀な人間が統治したほうが、フォーランドにとってはいいだろう。国民の幸せにつながる。

とはいえ、今の平和なフォーランドであれば、よほど変なことをしなければルーチンワークを繰り返していけば平和を保てる。

さすがの俺も、何十万もの国民が生きるか死ぬかという状況なら手を貸すのはやぶさかじゃない。見殺しにするのは寝覚めが悪いのだ。

でも、俺の力が必要ない状況でしゃしゃり出る気はないのだ。

「でしょうね、今のフォーランドを統治するものは優秀でなくてもいい、普通であれば。ですが、普通ですらない暗君が君臨したとすれば？」

「そうならないように、おまえがいるんだろう。王を選ぶのは、賢人会議だ。そこで過半数の票を取らないとならない。賢王ヴァレオとムーランなら過半数を押さえられる。無能が君臨するなんてありえない」

「ええ、そのはずでした。ですが、なぜか掌握していたはずの賢人会議の面々が裏切ったのです。そして、賢王ヴァレオは離れ小島へ幽閉され、私は暇《いとま》を出されてしまいました。そして、あなたを除いて、その暗君以外の王子たちは王位継承権を放棄《ほうき》してしまった……もはや、フォーランドを救えるのはあなただけなのです」

息を呑む。

それが事実だとしたらとんでもないことだ。

それが本当かなんて聞きはしない。

ムーランがこんなつまらない冗談を言うはずがない。

「暗君か、そいつは誰だ」

「第一王子、ファルタ・フォーランド。彼は本気で世界征服なんてものを考えています。第一歩として、オルク王子の父上と結んだ和平を解消するつもりなのです。魔物は資源だと。美しい種族は娼婦《しょうふ》として売り、身体能力に優《すぐ》れた種族は労働力として、あるいは洗脳して兵として利用する」

魔物・亜人が資源、そうした扱いをしている国は存在する。

たとえば、エルフはとても美しいし、老いない。処女を奪った男には幸運が訪れると言われている。とんでもない値で奴隷が取引されている。

人間が持たない魅力、力、それらを搾取するものが現れるのは当然だ。加えて、魔物や亜人は同じ種族のものが集まり少数の村や集落で暮らすのが一般的であり、いくら個が強くとも人間の大軍が襲いかかってくれば抵抗できない。

そうやって、魔物や亜人は人間に食い物にされてきた。それを防ぐため、父さんは魔王を名乗り、いくつもの少数種族を束ね、人間の軍を真似《まね》て魔王軍を結成し、すべての魔物の自由のために戦い、最終的には人間との和平を勝ち取った。

「……正気とは思えないな。そんな真似をすれば、父さん……最強の魔王を敵に回す。人と魔物の共存を願った母さんもだ。そして、かの大賢者、マリン・エンライトも、父さんたちに味方する。あの人は義を重んじるし、彼の養女たちのほとんどは人間じゃない。心情的にも父さん側につく」

魔王だけじゃなく、かつて魔王と戦った最強戦力である、蒼雷《そうらい》の勇者と大賢者が牙《きば》を剝《む》くのだから勝ち目などない。

「そして、魔物を一方的に食い物にしようとするなら俺もフォーランドの敵だ。他にも、魔王直属四天王をはじめとした魔王軍だって再結成される。フォーランド王国は、人間の国としては最強だろう。だがな、所詮《しょせん》、人間の国として最強でしかない。それすらわからないほどバカなのか？」

それほどの規格外たちを敵に回せば、国の規模や兵力なんて関係ない。

街を単騎で半刻掛からず潰《つぶ》せる連中が、俺の知るだけで六人。

ただの自殺にしか見えない。

「なにか、勝算があるようです。おそらくは、賢人会議を掌握したのもそれによるもの。いかに強くとも、洗脳系の能力であれば」

たしかに洗脳をしてしまえば、相手がどれだけ強くても関係ない。

だが……。

「現実的じゃない」

一流どころは、精神系の魔術、特殊能力を警戒している。

魂への防壁など常時展開しているし、対抗札の準備がある。

また、精神支配系の魔術は俺もいくつか使えるが、あれは魂などという、もっとも本能的に汚されたくない領域を侵す術だ。

そのため、どうしたって対象の自己防衛反応が強烈に出て、不意を打ったとしても強烈な反発を受ける。よほど力量の差がある上で、長い時間をかけねば成功しない。

それを、父さんたちみたいな規格外に？　なんの冗談だ。

それに、賢王ヴァレオを幽閉しているのも気にかかる。すでに引退したとはいえ、賢王ヴァレオの影響力は絶大。洗脳なんて真似《まね》ができるなら、幽閉じゃなくて、味方につけたほうがいい。

「ええ、可能性は低い、ですが、その可能性は頭に置いておくべきでしょう」

「父さんと母さんには連絡したのか？　俺よりも頼りになるぞ」

「そうしようとしたのですが……オルク王子のご自宅はもぬけの殻で」

「まさか、すでに二人がそいつの手に」

「いえ、置き手紙がありましてね。『手のかかる息子が巣立ったので、二人っきりで一年ほど、ラブラブ旅行してきますね！　お土産《みやげ》を期待していてください。　追伸、オルクちゃんへ、弟と妹、どっちが欲しいですか？』と」

「あの、年中ラブラブ夫婦は！」

まあ、どんな形であれ二人が無事で良かった。

二人の行動範囲は広すぎる。この大陸にいるかも怪しい。見つけるのは不可能に近い。

父さんたちの力を借りるのは諦《あきら》めよう。

「力を貸していただけますか？」

「そういう事情ならば……だがなぁ」

とても面倒そうだ。

いや、頭ではわかっている。このままでは何十万もの国民に不幸が訪れ、下手をすれば父さんが築き上げた魔物と人間の共存が壊れてしまう。

そんな未来は許容できない。

だけど、気が進まない。

面倒なだけで、旨味《うまみ》がまったくない。問題が解決しても、次は王様にされそうになるし。

ハーレム探しにも支障が出る。

「オルク王子はハーレムを作りたいと仰《おつしや》ってましたね」

「ああ、そうだな」

「居ますよ。我が国に超絶美少女が。それも、極めて希少な」

「フォーランドは人間ばっかの国だろう？　人間って、面白みないし、すぐ年取るしなー」

オークになったせいか、ハーレムメンバーは魔物・亜人がいいなと思ってしまっている。

「安心してください。その、美少女の名はルリネ・フォーランド。人間ですが、姫という肩書、フォーランドの至宝と呼ばれる美貌《びぼう》。その魅力はそちらのお二方にも勝るとも劣《おと》らないでしょう」

「えっ、食べていいの、それ？」

ルリネ・フォーランド。

俺の従姉妹《いとこ》にして、絶世の美少女として有名なお姫様。

チェックはしていたけど、お姫様はさすがに無理だと諦《あきら》めていた。

「ええ、もちろんです。緊急事態ですから。それに、見ていただきたいものがあります」

ムーランは胸元から紫のビー玉に見えるものを取り出す。

あれはたしか、俺が昔作った魔道具。小国を救う際に必要になって作ったものの予備。

その能力は投射機。

空間に立体映像が投射される。そこには、気品にあふれる少女がいた。

母さんと同じく、栗色の髪をしており、上等なドレスに身を包んでいる。

『初めてお目にかかりますわ。私はフォーランド王国、第二王女、ルリネ・フォーランドですの。いま、フォーランドは滅亡の危機なのです。……このままじゃ！　どうか、どうか、助けてください、オルク兄様！』

兄様、兄様、兄様、ああ、なんて甘美な響き。

従姉妹だから、そう呼んでも不思議じゃない。

ああ、思い出した。俺、前世だとエロゲーで妹キャラ真っ先に攻略してた。

『助けてくれたら、ルリネ、なんでもしてあげちゃいますの。ルリネ、初めてだけど、オルク兄様にたくさんご奉仕しちゃいます』

恥じらいと共に、外見に見合わない妖艶《ようえん》な魅力を醸《かも》し出している。

ごくりっ。

「さあ、フォーランド王国に行こうか！」

美少女、姫、妹、なんて素敵な属性だ。

お姫様とも、妹とも、一発やってみたい！

俺のハーレムメンバーにふさわしい。

「ねえ、オルク。私のとき、さんざん、救ってもらったのを理由に一緒になるのは嫌って言ってたよね」

「私のときもそうです。恩で結ばれても幸せになれないって、ちゃんと気持ちが一つにならないと駄目だって。恩を盾にして迫るなんてオークのくずとかも言ってた気がします」

「うっ」

それは俺の信念。

俺の力があれば、美少女を窮地《きゅうち》から救い、あるいは欲しい物を与えて、それと引き換えに、体と心を手に入れる。そんな真似《まね》も可能。

だけど、そんなものは虚《むな》しい。恩を感じる心はいつまでも続かない、いずれ義務だけでただ一緒にいる、そんな息苦しい関係になる。

だから、俺は愛し合えない、心がつながらないハーレムはいらない。

「その気持ちは変わらないさ。俺は彼女を救う。でも、心が結ばれないうちは手を出さない。ただ、国を救うために一緒に行動して、お互いのことを好きになったら、そのときはお兄ちゃんと呼ばれながら、愛し合いたい！」

従姉妹《いとこ》。それは手を出しても犯罪じゃない、でもちゃんと血はつながっているという、義理妹と実妹のいいところどり。

俺はジェネリック妹と呼んでいる。

ふふふ、兄妹エッチ、萌えるじゃないか！

「うわぁ、ドン引きだよ」

「でも、私たちは、結局こういうこと考えた人と、こういう関係になっちゃったんですよね。ハーレム、増えるかもしれません……」

すべては、俺とルリネ次第。

見た目は好みだけど、会ってみて話して、俺自身が好きになれないかもしれない。

どれだけ頑張ってもルリネが好きになってくれないかもしれない。

でも、それを恐れて動かないなんてことはない。

さあ、フォーランド王国に行こう。ハーレムを増やすついでに救国してやろうじゃないか。

第十話：シスター・プリンセス

フォーランド王国は遠い、それもひたすら。

なにせ、俺が商業都市を根城にしたのは、フォーランド王国や魔王軍の影響を受けないほど遠いからだ。

俺が頼まずとも、あのひ孫に甘い賢王ヴァレオはいろいろと融通を利かせかねないし、魔王四天王にも一人とんでもないのがいるのだ。

あの甘やかしっぷりは尋常じゃない。

おおよそ、四百キロほど離れている。普通の馬車なら急いでも十日はかかるだろう。

たかだが移動に、そんな時間をかけるつもりはない。

だから、普通の馬車など使わない。

そう、あれがある。

「おっ、オルク王子、こっ、これは、いったい」

「オークカーSecond Editionだ。急いでいるんだろう？　移動に十日もかけてられない」

先日、突貫で作ったオークカーを改造して完成させたオークカーSecond Editionで爆走している。

一号機は三日ほどでとりあえず形にしただけなので、設計は粗いし、各パーツの精度が甘い。また、複雑な構造にすることができなかった。

だが、今回は時間があったので改良に改良を加えている。

心臓部である魔力モーターは一から作り直し、省エネ・高出力を実現。

ハンドルを切れるようにして、コーナーリングは自由自在。

オフロードに強くするため、タイヤを大型化、素材にも拘《こだわ》り衝撃吸収力を大幅アップ。

使った素材は、まさかの【世界樹を喰らう魔蟲】の皮。軽くて丈夫でグリップも抜群、前世の最新素材すら凌駕《りょうが》する性能だ。

オフロード性能向上に費やした工夫はそれだけじゃない。強力なサスペンションを実装した。

大型夢素材タイヤと、超強力サスペンションのおかげでキャタピラに頼らなくても、悪路を超速度で踏破できるし揺れも極端に少ない。

実際、前回は真っ青な顔をしていたクルルも今回は景色を楽しんでいる。

「前とは比べ物にならないぐらい快適だね」

「はいっ、これなら酔わなくて済みそうです。がんばってお手伝いした甲斐《かい》がありました……もう、あんなのはこりごりですからね」

二度目なこともあり、ティータとクルルも余裕だ。

オークカーSecond Editionは大好評。

「オルク王子、これは、いったい」

乗り心地は快適でもこんなスピードは初体験で、ムーランの顔が引きつっている。

「俺が作った魔道具だ。商売でもハーレムづくりでもいろんな街に出かけることが多くなる。移動時間を削るために作った。時間は金で買えない。なによりも貴重なものだからな」

「ははは、たしかに。馬車の何倍もの速さ、これだけの速さがあれば、圧倒的なアドバンテージになる……いいですね、我が国にも欲しいぐらいです」

上級貴族や外交官は商人と同じく、いや、それ以上にさまざまな国や街をめぐる。

ベッドで寝る時間よりも馬車に揺られている時間が長いなんてものもザラだ。

移動速度が数倍になれば、何倍もの仕事をこなせる。加えて、電話などの通信がないこの世界において、情報伝達は手紙や口頭という物理的な手段に頼っている。つまり、移動の速度＝情報の速さ。高速な移動手段があれば、情報戦で圧倒できるのだ。

その価値は計り知れない。

「欲しいなら売ろうか？　もっとも、俺のオリジナルと比べて性能は六割程度だが」

「これの六割、化け物ですね。して、おいくらで」

「これぐらいだ」

俺が提示した値段は、日本円に直すと二億ほど。

原価は高価な魔術媒体を使うとはいえ、売値の五十分の一ほど。

高価な理由は他にある。

オークカーは量産化ができない。魔術的な要素が多く含まれ、俺でないと作れない。将来的にはクルルも作れる可能性があるが、今は手伝うので精一杯。

俺自身が作らねばならないという手間、それ故《ゆえ》の希少性、こいつの価値と有用性を考えれば、けっして無茶な値付けではない。

「随分《ずいぶん》と安いものですね、注文させてください」

「払うあてはあるのか？　大臣をクビになったんだろう」

「大臣をクビになっても、公爵としての肩書と守るべき領地はありますよ。あまり見くびらないでいただきたい」

フォーランド王国の場合、貴族が大臣などの役職を兼務する。

貴族の本業は、己の領地を統治すること。ムーランなどの場合は、弟や息子に領地の経営を任せて、自身は王都に出て大臣として王の補佐をしてきた。

公爵家の力なら、二億程度はすんなり払えるだろう。

「売ろう。商業都市に戻ってから一か月ほどあれば納入できる」

「ありがとうございます。すばらしい買い物です。二か月もあれば元をとってみせましょう」

やはり、ムーランは優秀な男だ。

オークカーSecond Editionの優位性を理解し、そしてそれを活かせば二億ごとき二か月で元を取れるというヴィジョンを描ける。

こんな男をクビにするなんて、第一王子ファルタはとんでもない暗君かもしれない。

◇

フォーランド王国にたどり着く。

オークカーSecond Editionは、設計通りのスペックを発揮し、超悪路用の履帯《りたい》を一度も使うことなく旅を終えられた。

「ははは っ、まさかたった八時間で、あれだけの距離を。夢でも見ているようですよ」

「何があっても驚かないって思ってたけど、おっきな湖を突っ切ったのはびっくりしたよね」

「何事かって思いました。設計図に変なところがあったの、このためだったんですね」

「オークカーSecond Editionは水陸両用だ。なんなら海を渡って別大陸まで行ける」

先代と違って、車体を超軽量かつ超剛性の特殊練金素材で作り上げている。その上、大型魔蟲ホイールで浮力が稼げるため水に浮くのだ。

また、魔力モーターはボタン一つで変形し、回転力の提供をホイールからスクリューへ切り替え可能。

この変形機能があったおかげで、普通なら大きく迂回《うかい》しないといけない巨大湖をまっすぐに突っ切れた。

「私が買う、六割程度の性能があるオークカーというのにも変形機能が？」

「つけてない。故障率が上がるからな。整備できる人間が常駐していない以上、あまり構造を複雑にできないんだ。自分が使うものは極限の性能を、商品には極限の信頼性が必要になる」

六割に性能を落とすのは何も意地悪ではない。

オークカーSecond Editionの高性能は複雑な機構で故障率を上げたとしても、俺がその場にいれば直せるという判断のもの。

市販版は、よほどのことがない限り壊れないだけの信頼性が必要。そのために構造の簡略化、一部機能のオミットが必要になる。

「理にかなっております。さすがは、商人の神様に鍛《きた》えられただけはありますね……さてと、ではさっそく王城に参りましょう」

「根回しとかはいいのか？」

「なにを遠慮なさる。フォーランド城は、オルク王子の実家ですよ。堂々と、正面から入ろうではありませんか」

まあ、たしかにそれもそうか。

王子がいきなり嫁を二人もつれて帰還する……冷静に考えると、割りと大事《おおごと》な気がしてきた。

◇

王都にある、ムーランの別邸にオークカーを預かってもらう。

そして、わざわざムーランの用意した馬車で王城に向かっていた。

王城に入るにはそれなりの格がいる。

性能や、価格という意味ではオークカーのほうがムーランの馬車よりも上なのだが、いかんせん実用性一点張りな上、馬がいない馬車という独創的すぎる形状は王城に似つかわしくない。

「フォーランド城は初めて見るな。ここは戦いを想定した城のようだ」

「ええ、今でこそ超大国として名を馳《は》せ、この王都に攻め込むものなど考えられませんが、私が若い頃は数多《あまた》ある小国の一つ。ここが戦場になったことも一度や二度ではありませんよ」

城には二種類ある。

国の格を見せつけるため、華美に装飾し、美しさと豪華さを重視するもの。

もう一つは戦いを前提とし、守りを固め、攻撃力を持たせるための工夫を随所に凝《こ》らした砦《とりで》ともいうべきもの。

フォーランド王国の規模であれば、そもそも王都まで攻められる事自体がまれだし、王都全体を守る防壁は極めて強固。城まで敵が来ることなど想定しなくてもいい。

ならばこそ、前者のような富と文化を見せつけるような城になるのが普通。

しかし、フォーランド城は機能性一点張りで作り上げた城を、傷つくたびに修復し、その場その場で場当たり的に強化しており、強いが醜《みにく》く歪《いびつ》な姿だ。

「城を作り直そうとは思わなかったのか？」

「そういう案もありました。ですが、賢王ヴァレオはこうおっしゃいました。『国の心臓をもっとも頑強に作らずしてどうする？　無骨、いいではないか、傷だらけ、いいではないか、歪《いびつ》、いいではないか、我らが戦ってきた証《あかし》ぞ。誇らしくすらある』……とおっしゃられて。私も、同じ意見です。傷一つない豪華な城よりもよほど趣《おもむき》がある」

俺も頷《うなず》く。美しく豪華なものは、その気になればいつでも作れる。

だが、この城のように、歴史と共に積み重ねた傷と誇りは何物にも代えがたい。

深い水堀にかけられた橋を渡って越えると城門が開いて中庭へと招かれる。しばらく進み、馬車を降り、入城すると、多くの使用人たちが出迎え、頭を下げた。

その中でもひときわ目を引く存在がいた。

俺より少し年下に見える。

栗色の髪をした可愛《かわい》らしさと気品が同居した美少女。

たとえ、裸であっても貴人であることがひと目でわかるだろう。

そんな少女が駆け寄ってくる。

「やっと来てくださいましたのね、オルク兄様。ルリネはずっとずっと寂しかったのです」

その少女は俺に飛びつき、抱きついてくる。

ティータとクルルが目を丸くしていた。

「初めまして。なのに、君は俺のことをよく知っているようだ」

「はいっ、ひいお祖父《じい》様と、ムーラン様が、たくさんたくさん、オルク兄様のことを話してくださったの。とっても、優秀でかっこいい人だって」

「実物を見てどう思った？」

「お話以上ですの！」

ははは、愛《う》いやつめ。

頭を撫《な》でると、にっこりと微笑《ほほえ》んで、すりすりと頬《ほお》ずり。なんてつるつるでもちもちの肌だ。控えめで上品な香水の匂《にお》いが心地よい。

ティータとクルルの驚きが大きくなる。

俺も驚いている。

今まで、俺が口説いて最初からうまくいったことなんてない。マイナスから始まっていた。

でも、ルリネは初めから好感度マックス……のように見える。

いや、ルリネがそう見せている。

「そっか、お兄ちゃんが来たからもう安心だぞ」

「うれしい、ルリネ、オルク兄様のこと大好きですっ」

本当にルリネは面白い子だ。

ああ、面白い。

なにせ、こんなにもうまく演技しているのだから。

ムーランのほうに視線を向ける、彼は俺が彼女の演技に気付いていることを察して、苦笑してみせた。

ルリネは、頼りない子供で、俺にすがるしかない。誰が見てもそう見える。

それは見せかけだ。

身のこなしでわかった、相当の訓練を受けている。才能もある。母さんと同じく、英才教育を受けた女騎士。

そもそも、あの賢王ヴァレオから、よく話を聞いただと?

(賢王ヴァレオが目にかけている時点で普通じゃない)

賢王ヴァレオは俺や母さんにとっては優しい人物だが、実際は少し違う。

優秀なものを目一杯愛する代わりに、才能がないものには一切の興味を抱かない、それが自らの子であっても。

俺が優秀だから次の王に推すと言っていた。

逆に言えば、もともと王になる予定で必死に努力していた別の王子をあっさりと切り捨てた。

そんな賢王ヴァレオがルリネに目をかけている。それが意味することは一つ。

(極めて優秀。そして、このふるまいは、俺のことを調べ尽くし、もっとも協力を得やすい人物を演じている……よくよく見ると、震えを必死に隠している。兄とはいえ、オーク。なお

かつ、国一つの運命を左右するほどの力を持ち、女好き、怖くないはずがないか)

ルリネのことが気に入った。

見た目もストライクだし、なにより国のために恐怖を抑え、最善を尽くすという姿勢が美しい。それに、これだけ優秀だと、全部終わったあと、次期国王のポジションを押し付けやすい。

国を救いながらその功績をルリネに押し付けておこう。

「俺はルリネのためにもこの国を救おう」

「本当ですの⁉」

「ああ、本当だ」

今はその演技に騙《だま》されたふりをする。

そちらのほうが、彼女は楽だろうし、接点も増える。

その中で、演技が必要なくなっていき、演技が本物へと変わる。それこそが俺の狙いだ。

だから、俺も騙されている演技を徹底する。

嘘だらけの兄妹、こういう趣向も面白い。

第十一話：暴力って政治の場でも活躍する世界共通言語

フォーランド王国に滞在中、城の部屋を使っていいとのことで案内してもらっている。

「さすがに、王族が住むフロアは見事なものだ」

王城の外観は無骨極まりないし、一階、二階は砦《とりで》としての機能、兵舎や武器庫などが多くあり実用性一点張りだった。

しかし、三階から上は王族や上級貴族にふさわしい内装になっている。

四階は王族専用のフロアらしい。そこに立ち入れるのは王族と、その生活を補佐する使用人と護衛、それから公爵、大公という上級貴族だけだ。

そんな特別なフロアに遠慮なく入る。ティータとクルルも一緒にだ。

目的の部屋についたようで、先頭を歩いていたムーランが立ち止まる。

「なんで、俺の部屋があるんだ……」

信じられないことに表札がつけられており、俺の名前が書かれ、なぜか壁には俺の肖像画があった。

表札だけならともかく、肖像画なんてものはすぐに用意できるものではない。

ムーランが俺の問いを聞いて、したり顔をする。

「賢王ヴァレオ様の命でオルク王子の部屋を用意したのです。いずれ、こちらに戻られると、やってくるではなく、戻ってくるか。

本当に俺を本気で王にするつもりなのが伝わってくる。

「オルクは王子様だからいいけど、私たち、ここに来てよかったのかな？」

「場違いな感じがすごいです。すれ違った皆さん、すごい格好ですよ」

「うん、すごいよね、ひらひらだったり、ふわふわだったり、宝石縫い付けてたり」

住む世界が違い過ぎて、さすがに二人とも気後れしているようだ。

三階から上は、それこそ超上流階級のものたちばかり、一応、ティータとクルルには、俺が買い与えた中で一番フォーマルな服を着てもらっている。

商業都市で手に入るものの中でも最高級な部類の品だが、あくまでそれなりに格式ある商会相手に顔を出せるように作ったもので王城には似つかわしくない。

ここにふさわしい格好など、そもそも市場に出てこない。

（俺がその気になればこの場にふさわしいドレスも作れたんだけどな）

だが、そういうドレスは見た目だけに特化する必要があり、実用性は皆無に等しく、手入れや管理にとんでもない手間がかかる。そんな面倒なものを作る気にはなれなかった。

ましてや、二人に着せているのは、暗殺や誘拐に備えて防御力もある魔術礼装に改造してある。王宮仕様のドレスは改造に耐える強度も、仕込めるだけのスペースもない。

「ご安心を、格好など気にしなくとも、オルク王子の妻というだけで、十分なのです。それと、後ほど私の専属デザイナーを派遣しますよ。妻や娘のドレスを、奥様方に合わせて仕立て直させましょう。本来なら、使い回しなど論外なのですが、一から作る時間がありませんから」

「そっ、そんなの悪いよ。ものすっごく高い服だよね！」

「……着るのに勇気がいりますね」

「ご心配なさらないでください。ふふふっ、我が妻も娘も、かつては妖精もかくやという美しさでしたが、ぶくぶくと太ってしまいまして、着られなくなった豪華な服が山ほどあるのです。倉庫でホコリを被《かぶ》っているぐらいなら、奥様方のような麗《うるわ》しい女性に着てもらったほうが服も喜ぶというものです」

悲しいことに、年を重ねたり、子供を生んでスタイルを維持できなくなる女性は多い。

ムーランの妻も娘もそうだったのだろう。母さんやエルフたちのほうがおかしいのだ。

「それなら、遠慮なくもらうよ。こういうの興味あるし」

「はい、使っている素材や縫い方が気になります」

二人とも興味があるのは同じだが、興味の方向性が違うのがおかしい。

「とにかく中へ入らせてもらおうか」

俺の部屋、いったいどんなふうな作りになっているのだろう。

◇

部屋に入るなり絶句する。

「えっ、これ全部オルクの部屋なの!?」

「普通に十人ぐらい暮らせそうです」

現代風に言えば、４ＬＤＫとでも言えばいいのだろうか？

専有面積は百平米ほど。

これが個人の部屋というのだから驚きだ。

「奥様方の部屋も用意しておりますよ」

「いや、そんなのいいよ！　三人しかいないんだよ」

「ですです。ここでいいです。というか、ここにしてください。その、お城でオルクさんと離れて暮らすのは怖いです」

「俺も賛成だ。ここを三人で使わせてもらいたい」

王城は俺の実家とはいえ、アウェイ感は拭《ぬぐ》えない。二人を目の届くところに置いておきたい。

「ふむ、でしたら個人用の部屋ではなく、きっちりと家族用の部屋を用意しておくべきでした。このムーラン、一生の不覚です」

「ムーラン、この部屋数と広さは十分家族向けだ」

リビングとは別に四部屋ある。一人一部屋を使ってもまだ部屋が余る。

「本当にですか？　少し信じられませんね」

「貴族社会ならともかく、世間一般だとそういうものだ。むしろ広すぎると面倒に感じる」

まあ、これ以上ハーレムが増えたり、子供ができたりすればこの部屋じゃ手狭になるだろうけど。

「でしたら、ここを三人で使っていただきましょう。私はこれにて御暇《おいとま》します。夕食あとに、資料をお持ちしますので、改めて、この国の現状をお伝えさせていただきましょう」

「そうしてくれ、俺はともかく、ティータとクルルを休ませてやりたい」

体力的には問題ないが、精神的に疲れている。

ちゃんと休ませてやりたいのだ。

◇

そのあと、俺たちは体を休めた。

城にいる間、専属の使用人をつけてくれると言われたが丁重に断っている。

俺たち三人だけで過ごすほうが落ち着くし、その使用人とやらに第一王子ファルタの息がかかっていない保証はない。

夕食までの間に、ムーランの手配したドレスデザイナーがやってきて、二人の体を測り、ベースに使えそうなドレス候補をそれぞれ十着以上も用意してくれた。

その中から二人は気に入ったものを三着ずつ選んだ。

そして、二人の好みを聞いて改良案をその場で何パターンも提示していく。

さすがは公爵家のお抱え、凄《すさ》まじい発想力と仕事の速さ。

二人とも女の子だけあって、お姫様のようなドレスには興味津々《きょうみしんしん》で、楽しみながら、色々と注文をつけていた。

俺はしっかり、後ろでその様子を眺めている。

二人の注文のつけ方で、服の好みがつかめる。俺は気配り上手なオークなので、こういう好みはしっかりと把握《はあく》しておく。そうすれば、プレゼントを贈るときに外さない。

二人は、デザイナーの考えた改良案の最終版を見て満面の笑みを浮かべ、デザイナーは翌日には届けると言って去っていった。

「クルル、楽しみだね、ドレスが届くの！」

「あんな、綺麗な布がこの世界にあったんですね。布と糸の扱いもすごい技術がいくつもあってびっくりです！」

これだけ、ドレスで喜んでくれている、それだけで王城に戻ってきた甲斐《かい》があったというものだ。

その後、雑談をしているとノックの音が聞こえた。

夕食の準備ができたようだ。

◇

夕食の席に着いたのは、ルリネとその専属騎士、ムーランと彼の付き人、そして俺たち二人だけだ。

予《あらかじ》め、王侯貴族の礼儀作法を二人が知らないことを説明し、了承をしてもらっているため、かなりフランクな食事になっている。

夕食は期待どおり、凄《すさ》まじく豪華絢爛《ごうかけんらん》な料理が並ぶ。

俺たちはかなり食べるほうだが、それでも到底食べきれない量。

どうしたものかと悩んでいると、ルリネやムーランはごく少量だけ食べて、すぐに下げてもらう。

どうやら、食べたいだけ食べるとすぐに次へと行く、ここではそれが作法のようだ。

「もったいないよね」

「こんなに贅沢《ぜいたく》で、美味《おい》しい料理なのにって思っちゃいます」

「ああ、俺もだな。残したくないけど、こんな量は食べ切れない」

今日だけならともかく、滞在中にこんな量を毎日食べていれば、病気になってしまう。

「大丈夫ですの。残したものは、使用人たちの食事になりますので、遠慮なく食べたい分を食べたらさげてください」

ティータとクルルは、驚いた顔をしている。

俺も驚きはしたが、前世の記憶があるから、そういう文化だなと受け入れられた。

古代のローマなどでは、貴族が食べて、残りを使用人が食べるなんて文化は存在していた。

「なら、遠慮なく残せるな」

「ねえ、オルク、なんかこれ恥ずかしくない」

「ですよね、食べかけを人に食べられるのは、ちょっと」

「まあ、郷に入れば郷に従えって、言うだろう」

「そんな言葉初めて聞いたよ」

「私もです」

しまった、これは前世のことわざか。たまにうっかりと使ってしまう。

「とにかく、慣れるしかないな」

きっと、貴人たちが好きなものを好きなだけ食べるという贅沢をしつつ、無駄を無くすために生まれたシステムなんだろう。

ただ、俺もこういうのはあまり好きじゃない。

恥ずかしい云々《うんぬん》よりも、ティータとクルルの食べ残しを誰かに食べられるのが、とても嫌だ。今日はともかく、明日からは止《や》めてくれと頼もう。

そんな感じで食事が一通り終わる。

「どうでしたの？　今日のお食事は」

「うん、美味《おい》しかったよ。初めて食べる料理がいっぱいで、どれもすっごい手間がかかってて驚いたね」

「美味しくて贅沢《ぜいたく》で、いい経験でした。でも、いつものオルクさんのご飯のほうが、私は好きです」

「私もそうかな」

ルリネが少しだけ、驚いたようだ。

「ここのシェフは、我が国で一番の腕前ですよ。オルク兄様の腕は、それ以上なのですか？」

「味だけなら、オルクさんより上かもです。でも、オルクさんの料理は食べたあと、元気になれるんですよね。不思議と」

「うん、そうだよね、けっこう油っぽい料理とかも作るのに、ぜんぜんもたれなくて、オルクにご飯作ってもらうようになってから、体の調子いいんだ」

二人が首をかしげている。

さりげない俺の気配りを気付いてもらえていて、少し嬉《うれ》しい。

種明かしをしようか。

「俺の食事は、医食同源っていう思想で作っている。ただ美味しいだけじゃなく、食べる薬なんだ。だから、食べれば元気で健康になっていく。ティータとクルルには、いつまでも健康で美しくいてほしい。その願いを込めて、それを可能とする知識と技術で作っているんだ」

二人は超絶美少女だ。最高の素材と言っていい。でも、そんな素材もちゃんと磨かないと輝きを失う。

ムーランの妻と娘がぶくぶく太ったと言ったが、その一因は普段の食事にもあるのだ。たいてい、贅沢で豪華な料理ほど、カロリーが高い。そんなものを毎日好きなだけ食っていれば、あっという間に豚になるし、内臓にも負担をかけて肌は荒れるし、健康を害する。

「お二方とも、とても綺麗だし健康的、化粧もしてないのに、すっごく肌に張りがあるのって、もしかして、オルク兄様の料理のおかげなのですか？」

「うん、そうかも」

「否定できないですね」

「羨《うらや》ましいですの。美味しくて、健康になれる食事なんて」

それは演技ではなく素で言っているようだ。

ならば、妹のために一肌脱ごう。

ちょうど、この食事のやり方は、ティータとクルルの間接キス提供という許されない罪を犯しているし。

「なら、滞在中は俺が食事を作ってみよう。城で扱える食材にも興味があるしな」

「よろしくお願いしますの！」

ふふふっ、ポイント稼ぎ成功だ。

演技で見えている偽好感度ポイントに惑わされず、しっかりと真の愛情ポイントを細かく稼がないといけない。

演技と本物の見分けこそが、ルリネを落とすためにもっとも必要なこと。

「ああ、任された。……それは置いといて、そろそろ作戦会議に入ろう。ルリネ、ムーラン。二人の付き人を外してくれ」

付き人は、世話役ではあるが同時に護衛でもある。

それを外せと言うのは、命綱を手放せというのに等しい。

「あの、オルク兄様、それは」

「何を意味するかわかって言っている。俺を信用できないなら、協力なんて頼むな。国を救いたいのなら、考えうるリスクはすべて排除したい」

付き人たちが買収されている可能性は存在する。

また、彼らのことを信用するほどの材料が俺にはない。

「わかりましたの」

「ええ、オルク王子に従いましょう」

去り際、ムーランの付き人が分厚い資料の束を全員に配っていった。それがこの国の現状をまとめたものなのだろう。

そうして、ここにいるのは五人だけになった。

その状態で、探査魔術で潜んでいるものがいないか確認し、音を遮断《しゃだん》する風の結界を展開。

これで、この場の話が外に漏《も》れることはない。

俺が魔術を使ったことにルリネは気付いている、使ったことに気付いただけじゃない。

俺がどういう種類の魔術を使ったか、俺の魔術士としての力量まで気付き顔色を変えた。

身のこなしから超高レベルで剣の素養があるとわかっていたが、魔術もまた一流の使い手なのか。一流でなければ、俺の魔術を理解することなどできはしない。

なるほど、あの賢王ヴァレオが目にかけるわけだ。

「さて、俺からの提案だ。これから、資料とルリネ、ムーランの話でこの国の現状を教えてもらう。そして、もし第一王子がどうしようもない害悪で、この国の病巣なら、もっとも迅速《じんそく》かつ、確実な方法を取る。賢人会議が掌握されているんだ、まともに政争なんてやってもしょうがない」

正攻法なら、相手の不正を暴き、相手の政策の不条理さを突き、賢人会議の面々を一人ひとり説得していき、賢人会議を通して彼を失脚させる。

あるいは国民を先導して、反乱を起こし、その責任を第一王子ファルタに押し付けて、王を代えざるを得ない状況を作り出す。

これらは俺ならば可能だ。……普通であれば。

だけど、賢人会議が理屈や正義で動いていないのなら、こんなもの成功しはしない。相手が正攻法で来ていないなら、こちらも相応の手を取るべきだ。

「オルク兄様、その、一番確実な方法ってなんですの？」

「暗殺だ。俺なら、証拠を何一つ残さず、病死させてやれる。これ以上の方法はないだろう？」

どれだけ権力があろうと、どれだけ根回しをしていようと、どれだけ狡猾《こうかつ》だろうと、死ねば終わり。

そして、相手が王子だというのも都合がいい。代替が利きにくい、たとえばただの政治家や貴族ならば、一人殺したところで黒幕は新たな駒《こま》を配置してくるだけだ。しかし、王子という駒は代わりが利かない。

結局、最強の力とは武力だ。

頷《うなず》くムーランとは違い、ルリネの顔色が変わった。

なるほど、彼女は綺麗な政治しか知らないのだろう。あるいは汚い政治は裏金や脅《おど》し、懐《かい》柔《じゅう》などというものまでしか考慮していない。

だが、俺は違う。

俺は王の資質を持つ。そうなるよう魔王と賢王に教育された。王の資質とは国という運命共同体を正しく運営するためにありとあらゆる最善手を打ち続けること。

理想ではなく、現実を見る。ときには、大を活かすために小を切り捨てる。
必要ならば、兄ですら殺してみせよう。

第十二話：選択肢を持つということ

第二王子ファルタを暗殺するという言葉を聞いたルリネが動揺を押し隠しながら口を開いた。

「そんなこと、できるのですの？」

「ブレイユ王国で起きた革命、ソレリュード革命を知っているか」

「もちろん存じておりますの……王族の度重なる浪費、それに伴う重税、いきあたりばったりの政策。それに業を煮やした軍部がクーデターを起こして、それに民衆が呼応した革命。でも、オルク兄様の尽力で未遂《みすい》に終わったのですわ」

賢王ヴァレオの最終試験は、フォーランド王国の属国であるブレイユ王国で起きた革命を止めるというもの。

フォーランド王国は属国に泣きつかれては手助けをしないわけにはいかず、しかもあそこの王族はフォーランドの王族にとって親戚筋にあたるため、見捨てるわけにはいかなかった。

「革命を防ぐために、何人も殺した。革命を成功させるわけにはいかなかった。……もし、あの革命が成功すれば、数十万の命が散るのは目に見えていたからな」

革命が成功したところで、軍部や民衆は政治の教育など受けていないし、経験もなければコネもない。まともに国など運営できない。

知識がないこと以上にコネがないのが問題だ。

よくも悪くも、フォーランド王国の周辺諸国はほぼすべて王国制、各国の王族は古くから婚姻で縁を結んでいたため親戚関係にある。

故《ゆえ》に、身内を殺して支配者になった連中など相手にしない。

そうなればブレイユ王国は孤立し、経済制裁を受けているのと同じ状態になり、早晩行き詰まる。餓死者《がししゃ》が続出し、生活が良くなると革命に協力した民たちは騙《だま》されたと感じ、不満が爆発。そう遠くないうちに内乱が引き起こされる。

また、周辺諸国はブレイユ王国を潰《つぶ》そうとするだろう。親戚を殺された怨《うら》みを晴らすためだ。そして、それ以上に王政が転覆し、うまくいった事例など作られれば、自国での革命機運が高まり統治に悪影響が出ることを問題視する。

ならばこそ、周辺諸国は感情と実利両方の面でブレイユ王国を潰さなければならない。

革命が成功した時点で、ブレイユ王国は破滅し、国民すべての命が危うくなる。

「革命が成功すれば、オルク兄様の言う通り、何十万もの血が流れたでしょう。いずれ、王族が支配する時代は終わると思いますの。でも、それは今じゃない。まだ早すぎますわ」

「そのとおりだ。だから、俺はもっとも効率的な手として暗殺を使った。全員を救うなんてことを早々に諦《あきら》めた。最少の犠牲で済ませることだけを考えて、切り捨てるべき人間は切り捨てた。……俺はどんな奴らを殺したと思う？」

「クーデターを起こした軍部の方々ですの？　それとも民衆を先導していたリーダー格の方？」

「ああ、そいつらも殺したな。頭が固く、交渉の席につくつもりがない奴らを選んで殺した。病死や事故に見せかけたりしてな。そんな連中を殺しながら、話し合いができる奴がリーダーになるように調整した。そうしないと交渉すらできなかった……だが、それ以上に殺したのは、王族や貴族だよ。なぜだか、わかるか？」

ルリネが苦々しい顔をした。

「軍部や、民衆より、ずっと話を聞く頭を持っている方が少ないですもの。高貴な血に生まれたものは、自分は特別だと思いこんでおりますわ。下等だと思っている民や軍人に妥協なんて一切しない、何一つ譲《ゆず》る気がないものばかりで交渉なんてできるわけがないですの」

交渉とはお互いの妥協点を見つける作業。

譲り合いが前提だ。

そして、王族や貴族の多くは、軍部や民相手にそれができない。たとえ、どれだけ危うい状況でもだ。なぜなら、生まれてから自分たちが特別だと思いこんでいる。

相手が言うことを聞くのが当然、それが彼らの常識だ。

「そのとおりだよ。初めは説得して回った。どれだけまずい状況か、他の国々と比べて、ブレイユ王国がどれだけ苛烈《かれつ》に民を締め付けているか、どれだけ政策が愚かか、たとえ奇跡的に革命を抑えても、今のままじゃ同じことが起こる。国が変わらなければ破滅すると何度も言った……それでも理解されなかったよ。だから、殺した。交渉のテーブルに着く気がない奴を、軍部と民、王族、貴族から全部消して、ようやく話し合いが可能になった。そうしてからの話し合いで、お互いに妥協し、落とし所を見つけて、あの反乱は終わった」

話し合いさえ可能になれば、その後は早かった。あまりにも杜撰《ずさん》で民に多くの負担を強《し》いる政治を、まともなものにしてお目付け役の政治家をフォーランド王国から派遣した。

利権が奪われると反発した貴族どもは多くいたが、フォーランド王国の威光と、秘密裏にしても噂になってしまった粛清を匂《にお》わせて黙らせた。

それこそが、ブレイユ王国で起こったすべてだ。

表向きには、フォーランド王国が介入して以降、一度も大きな戦いは起こらず、極めて平和的に革命を防ぎ、その後国が安定したことになっている。

賢王ヴァレオの偉業と崇《あが》められている奇跡、その裏側では血が流れていたのだ。邪魔《じゃま》なものを病巣と割り切り、ブレイユ王国から切除した。

「あそこまで終わった国をどうやって立て直したのか、不思議に思っておりましたの……そういうわけだったのですね」

「そうだ。奇跡なんかじゃない、ただの力業《ちからわざ》だ。見損なったか？」

「いいえ、むしろ評価が上がりましたの。それを為《な》した力と、それをすると決めた決断力、普通じゃないですの」

俺は苦笑する。

なるほど、この子もまた現実が見えている側《がわ》だ。指導者側は夢ではなく現実を見ないといけない。指導者が未来を信じて、甘い幻想を抱いて、希望的観測をすれば待っているのは破滅なのだから。

「でも、オルクのそれって、ものすっごい力業《ちからわざ》で、すごい政治家って感じがしないよね。もう、ただの暗殺者だよ」

ティータにはそう見えるだろうな。

訂正をしようとしてやめた、すでにルリネが口を開きかけている。彼女が俺の言いたいことを言ってくれるだろう。

「それは違いますの。それだけの武力を持っていることはすごいですわ。でも、それ以上に凄《すさ》まじいのは、誰を殺すべきか見極めて、誰が頭になれば都合がいいか選んで、後釜《あとがま》に望んだ人物が座るよう調整する力ですの。厄介《やっかい》な相手を排除するなんて反則技を使えても、その力の使い道を間違えれば逆に首を締めますわ」

「たしかにそうですね。誰が悪い人で、いい人かなんて、ふつうわからないですし、その後、どうしたらいい人が責任者になるかなんて、想像もつきません」

「商人の神様と賢王の教えのおかげでそれができるようになった。商売も政治も、人を見る目がなにより大事だ」

人の見極める力と政治力、それがあって初めて、この反則を最大限活かすことができる。

久々に、ティータとクルルの尊敬する眼差《まなざ》しを浴びることができた。

「さてと、この話をしたのは俺がそういう力があり、そういう考えをする人間だと伝えるためだった」

「よくわかりましたの」

「……そして、資料に目を通したが、それが必要な状況みたいだな。こうなっていることは予測していたが、できれば外れていてほしい予測だった」

この話をしながら、資料を読み込んでいた。

それを読めば読むほど、俺の中に諦《あきら》めが広がっていく、できれば手荒な手段を取りたくないと考えていたが、これはもうどうしようもない。

むろん、まずはそういう手を使わない方法を取るが、望みは薄い。

「改めて、私からも説明させていただきますの。第一王子ファルタは、すでに魔王との和平条約破棄を進めており、来週には可決されますわ。そして、それを通告するための使者を出すのと同時に進軍、西にあるエルフの村を襲撃する予定ですの」

エルフと聞いて、ティータが反応する。

ティータがいた風守りの一族ではなく、別種のエルフ。そう、エヴォル・オークの村と交流がある一族だ。

俺の顔見知りも当然いる。たぶん、あの子が初恋だった。

ただ、今となっては同じエルフでもティータのほうが可愛《かわい》いと思っているが。

「あえて、和平条約が破棄されていると魔物側が知らないタイミングで攻めて不意打ちをする。少数民族を狙って確実な勝利、需要があるエルフだから実入りもいい……なにより、こんな真似《まね》をすればもう後戻りができなくなる。不意を突かれた上に、仲間がさらわれて売られて奴隷にされる。魔王陣営は絶対に許せない、戦争は回避不能だ」

むしろ後者を狙っているのだろう。

もしかしたら、自分が消されることすら考慮して、後戻りできなくする一手を打ったのかもしれない。

こんな真似をされれば、たとえ父さんだって、人間と魔物の戦争を止められなくなってしまう。

オークカーを作っておいて良かったな。

もし、あれがなかったら王城についたときには詰んでいたなんてことだって考えられた。

「ええ、この計画が進めばもう争いは止められませんわ」

「懸念があるとすれば、第一王子ファルタを殺したところで手遅れな可能性があることだ」

「その可能性はありますの。……進軍が起こったあとに止める手立ても必要というわけですわね」

「ああ、そうだ。進軍されること自体を止められないなら、進軍されても防ぐ手立てを用意しないとならない」

一人で軍を止める。

難しいが可能だ。

たとえば、エルフたちに情報を事前に流すだけでもだいぶ違う。

幸い、あのエルフの村は少々、特別だ。あそこには、あの男がいる。

不可視の暗殺者が。

「よしっ、方針は決まった。あとは具体的なところにまで落とし込むだけだ。一晩、時間をくれ。その間に案を出そう」

話し合いはしない。

俺の判断で決める。

それに異を唱えるものはいなかった。

どこまでやれるか。

少々不安があるが、試してみようじゃないか。

第十三話：妹に夜這いかけられて手を出さない奴は不能（オーク社調べ）

夜になった。

ティータとクルルがそれぞれの部屋でぐっすりと眠っている。

すっかり疲れ切っているようだ。

そんな彼女たちに無理を強《し》いることはしたくないので一人で横になる。

最近はずっと、ティータかクルル、どちらかと愛し合っていたため一人の夜は寂しい。

だが、好都合ではある。

じっくり、頭の中を整理したかった。

渡された資料の内容、そしてあの後に聞いたルリネとムーランの話を思い返す。

それらすべてが第一王子ファルタを殺さなければいけないと示している。

だが、それは一面的な情報にすぎない。

「一度、ファルタと話してみないとな」

情報は多面的に見なければならない。たとえ真実でも見る角度によって変わる。

もしかしたら、第一王子ファルタを追い落とすために、ルリネとムーランが結託して俺を利用しようとしているのかもしれない。

だから、俺は俺で情報を集めている。

今までは可能な限り、師匠たちや両親のコネを使わないようにしてきたが今回はそんなことを言っていられる状況じゃない。

俺のポリシーやプライドよりも数十万の命を優先する。

すでに商人の神様が経営するランドール商会に顔を出し、情報収集を依頼した。

あの商会の幹部には顔なじみが多く、俺の頼みなら大概の無茶は聞いてくれる。

商会の持つ情報量は膨大だ。商売というのは政治以上に情報戦が激しい。社会情勢によって需要も供給も刻一刻と変化するため、情報網を張り巡らせ、常に情報を集めている。

また、どれだけ隠そうとしても隠しきれない情報が存在する。人、物、金の流れだ。

特に一流の商人たちは絶対にそれを見逃さない。

世界一の商会は、世界一の情報を持っている。下手をしなくても、王城の中のものよりもこの国が見えているのだ。

明日の昼すぎには、情報を取りまとめてもらえると聞いている。最終的な判断を下すのはそれを見たあと。

でかい借りを作ってしまった。

ランドール商会の面々は、世界の平和に貢献するのは商売のためでもあると言ったが、ヘルフ・ランドール率いる組織だ。戦争を金に換えることなど容易《たやす》いだろう。平和と戦争どちらに転ぼうと、かならず利益を上げる。

（侵入者か）

音を殺して、誰かが部屋に入ってくる。

その誰かは鍵をこじ開けたのではなく、合鍵を持っているようだ。

王城は敵地でもある。だから、こういうことも想定している。

この部屋には結界を張っていた、あえて敵を入れなくする結界ではなく、入ったことを知る結界だ。

賊を退けるより、賊を誘い込み捕らえたほうが多くの情報が手に入る。

もっとも、ティータとクルルを危険に晒《さら》したくないため、彼女たちの部屋は物理的にもかなり強力な結界を張っているが。

（女だ、かなり小柄。腕がいい、気配の消し方が絶妙。感知型の結界がなければ気付けたかどうか）

入り口付近で布擦れの音が聞こえたと思えば、ゆっくりと歩いてくる。

俺のいるベッドの前で足を止め、覆いかぶさって来る。

その手をとり、流れるような動きでお互いの体の位置を反転させ、ベッドに押さえつける。

「きゃっ」

可愛《かわい》らしい声だ。そして、聞き覚えがある声。

「何のつもりだ……ルリネ」

「えっ、えっと、オルク兄様を夜這《よば》いに」

　俺は長い息を吐いて、光の玉を生み出し周囲を照らす。

　俺が組み伏せていたのは、俺の従姉妹《いとこ》、ルリネ姫だった。

「夜這いというのは嘘じゃないようだな、その格好なら」

　ルリネは下着姿だった。

　王族にふさわしい、高貴で高級なもの。

　入り口付近で聞こえた布擦れの音は、服を脱いだ音のようだ。

「そうですの。あの、痛いので、離していただけませんか？」

「いや、理由を聞くまでは解放できない」

「ですから夜這いを」

「なぜ、夜這いをかけた？　俺は協力すると言ったはずだ」

　懐柔《かいじゅう》する必要はない。

　一瞬、ほんの一瞬、何かを言いかけてルリネはやめた。

「その、オルク兄様が、大好きでがまんできなかったのです」

「苦しい言い訳だな。俺が信用できなくて、安心したかったんだろう？　自分の魅力で籠絡《ろうらく》すれば安心できる。……まあ、当然の用心だ。俺は第一王子ファルタを殺せると言った。その刃が自分に向かないとは限らない。もし、俺が第一王子ファルタ側についたら、まっさきに抵抗勢力である、ルリネを殺す」

ルリネはまっすぐに俺を見ていた。

恐れも、怒りも、動揺もなく、ただまっすぐに。

「言い逃れはできませんのね。ええ、そうですの。私にはオルク兄様を信用することができませんの。信用する材料がない」

「まあな、従兄妹《いとこ》同士とはいえ、それは他の王子、姫とも同様。強《し》いて言うなら、俺は平和を望み、魔物と人間の戦いを望んでいないってところがルリネよりだな」

「そうだと言い切れませんの」

「ふむ、ルリネが疑っていることを当ててみようか。俺が本当は人間と魔物の争いを望んでいる。魔物側につけば、ほぼ確実に勝てる。なにせ、魔王、蒼雷《そうらい》の勇者、大賢者が魔物側にいる上に、この俺も規格外。そして、人間を滅ぼしたあとに、魔王の跡を継げば世界征服達成。そんな絵を描いているかもしれない。そんなところだろ。心外だ」

ルリネはぷいっと顔を背けた。

「心外という割りに、すらすらとんでもないことを言いますの……まるで、ずっとそういうことを考えていたみたいに」

「ずっとじゃない、ルリネが俺を見て何を考えるか、ありとあらゆる可能性を初対面のときから考慮して、探りを入れながら対応してきたんだ。ルリネには、包み隠さずすべてを馬鹿正直に話すのが一番いいと思ったが……これだけ疑われたら間違いだったようだな」

俺もまだまだだ。女の子を安心させる事もできないなんて。

「オルク兄様が未熟だから疑ったわけではないですの。どんなふうに振る舞っていようと、私は疑いましたの」

「賢王ヴァレオの教え通りにか。信じたいならまず疑え」

賢王ヴァレオの教え。

それは、信じたいならまず疑えというもの。

信じるという言葉は心地良いが、ただの思考停止に過ぎないのだ。疑うということは相手のことを理解することでもある。互いに疑い、深く理解し、それでも握手できる相手こそが真の友人。

それが賢王ヴァレオの口癖だった。

「ええ、私はその言葉を守っておりますの」

「そのあり方は正しい。俺が言えることは一つだ。会ったばかりの俺を信じろって言っても無理だろう。好きなだけ疑え。だけど、賢王ヴァレオとムーランは信じていいんじゃないか？

あの二人は俺を信じて頼ったんだ」

「……ずるいですの、尊敬するひいお祖父《じい》様と先生をだしにするなんて」

「ああ、ずるいな。だけど、こういうずるさは身に付けておいたほうがいい。王を目指すのならな。綺麗事でやっていける世界じゃない」

「王を目指しているなんて、口にした覚えはありません」

「見ればわかる。さて、尋問は終わりだ。解放してやる」

俺は立ち上がる、そして彼女の脱ぎ捨てた服を拾って手渡す。

「襲わないですの？　聞いていた話と違って紳士ですのね。ハーレムを作るために、商人の神様の右腕になるのも、フォーランド王国の王になるのも、大賢者の後継者になるのも、格闘王のライバルになるのも全部諦《あきら》めるぐらい、とってもとってもエッチって聞いてましたの。それとも私に魅力がないですの？　その、小さいですし」

ルリネが色っぽい下着で包んだ、小さな胸に手を添える。

おそらくBぐらい、ペチャパイではないが小さめだ。ティータやクルルと違って揉《も》むことはできない。撫《な》でるのがせいぜい。

「そういう胸はそういう胸で可愛《かわい》いと思うし、ルリネは超がつく美少女だ。ティータやクルルに匹敵する美少女なんて久々に見た。まあ、ぶっちゃけ、すごくやりたい」

「いいですの。抱いても、それで私に力を貸してくれるなら、この国を守ってくれるのならば」

悲劇のヒロインぶる妹姫にデコピンをする。

「嫌だよ、そんな重いの。だいたい、ルリネは震えているじゃないか。俺も、エッチも怖いんだろう？　言っておくが、俺は肉奴隷が欲しいわけじゃない、心から愛する女たちを集めて、温かくて幸せで気持ちいいハーレムを作りたいんだ。体だけなら娼婦《しょうふ》で事足りる。とくに、ルリネはハーレム候補だからな、初体験がこんな味も素っ気もないのはゴメンだ」

「私、ハーレム候補ですの？」

「ああ、そうだ。ひと目見たときから気に入った。俺のことを怖がっているくせに、姫としての責務を果たすために、必死に俺を好きだと演技をする姿を見て、その強さといじらしさに惹《ひ》かれた」

「ばれていましたのね」

「経験の差だ。というわけで、本気で俺を好きになってもらうまで、おまえを抱かない」

「あの、一ついいですの」

「ああ、なんだ」

「ドヤ顔で、いいこと言ってる感だしてますが、普通にかっこ悪いですの」

……さすが、賢王ヴァレオの血脈、めちゃくちゃ心にぐさっと来る言葉を選びやがる。

だけど、そう言ったあと、ルリネは表情を崩して笑った。

「でも、オルク兄様のことがわかりました。怖い人じゃないみたいですの」

オルク兄様、さっきまでと同じ呼び名でも、温かみを感じた。

「まあ、というわけで兄を頼れ。俺を兄と慕う可愛い子で、しかもハーレム候補、俺はルリネの力になる。ルリネが魅力的である限りな」

「それ、ちょっと怖いですの」

「大丈夫だろう、ルリネならな」

俺はできるだけ優しく笑いかけて、頭を撫《な》でる。

ハーレム主人公必須技能、NADEPO。

「くすぐったいですの」

効果は抜群だ！

「今日は帰れ、まあ、いろいろと大変だと思うがな。まったく、そんな香水、どうやって手に入れた？　下着がひどいことになってる」

ルリネが自分のパンツを見て、それから真っ赤にして手で押さえた。ひと目見てわかるほど、ぐしょぐしょになっていた。

「あれ、おかしいですの、緊張がとけたら、急に、んっ、びんかんになって、触ってもないのに。オルク兄様、なにかしましたの？　ひゃんっ」

「なにかしたというか、自爆というか、おまえがつけている香水、催淫《さいいん》効果が強烈なもの。錬金術で作られたものだろう」

まあ、今までも十分発情していたから、下着がぐしょぐしょなんだろうが、その発情以上に、極限の緊張のおかげで、意識がそれていたせいで平静を保てていた。

だが、意識してしまったら、もうどうにもならない。

「この香水が、そういうものだって、知っていますの、これで、オルク兄様を籠絡《ろうらく》しようと思って、つけてきて。んっ、なんで、私が、あっ」

「何を言っているんだ？　嗅《か》いだ相手を発情させる強力な香水。つけている本人に影響が出ないはずがないだろうに」

「んっ、あっ、こっ、これ男の人だけに効くんじゃ」

「いや、女性にも効く。……それに、適量の三倍だ。こういうのに耐性がある俺でもきつい。むしろ、ただの人間なルリネがよく今まで堪えられたな」

「やっ、んっ、風が吹いただけでっ、ん、もう、我慢できっ、おかしくなっちゃいますの。ゆびっ、ゆびが勝手に、んんっ」

目の前で、ルリネがオナニーを始めた。

細い指が、女性器をなでて、ぴちゃぴちゃと音が響く。

「だめっ、だめなのに、オルク兄様に見られてるのに、どうして、指、止まらないですの」

やばいほどの色気、催淫《さいいん》効果のある香水と妹のエッチな匂《にお》いでくらくらする。

そして俺はもともと性欲がとても強いオーク、妹属性もち。

手を出したい、とても手を出したい。

でも、あれだけドヤ顔で、心がつながらない限り手を出さないアピールしたあとに、手を出すわけにはいかない。

それをやった瞬間、男としても兄としても終わる。

なにこれ、拷問《ごうもん》かな？

「ひゃうっ、また、いっちゃうううう、でっ、でも、全然足りないのですの。もどかしいですの、もっと、もっと」

そんな俺の葛藤《かっとう》も知らず、どんどん一人で盛り上がっている。もう、俺が見えてない。

こっちはこっちでまずそうだ。

なんとかしよう……そう、ここからするのは治療だ。

「ルリネ、よく聞け、薬の効果が効きすぎていて危険だ、思いっきりいかないと、気がふれてしまう」

「そっ、そんな、そんなこと言われても、あっ、んっ」

「俺に任せろ、思いっきりイカせてやる。気絶するぐらいにな」

「でもっ、私をだかないって、ひゃう、ううう、切ないですの、指じゃ、細くて、短くて、もっと、長くて、ふといのがいい。あんんんんっ」

そろそろ、ルリネは会話すらおぼつかなくなってきた。

「抱かなくても、なんとかしてやれる。チ〇コを入れなければ、セックスじゃない！　ただの治療だ！」

妹の秘部に指を入れた、どろどろぬるぬるで温かい、それにせまくてきつきつだ。

指を入れただけで、ルリネは背を仰け反らせて絶頂する。

「んんんんんんんんんっ、太くて、深い所まで、はぁはぁ、もっとぉ、もっとぉ、オルク兄様ぁ」

とろんとした目で、俺を見てきた。

ここまで頼まれたら仕方ない、今日は薬が抜けるまで徹底的にかわいがってやる。

このゴッドフィンガーと、舌で。

揉《も》むことができるだけのボリュームがない胸を撫《な》でて、乳首を舐《な》めて、性器を指で弄《いじ》る。

「あっっ、ああ、あっあっ、あああんっ」

派手にルリネがいく。

なにこれ、楽しい。

……ただ問題は、今もぎんぎんな息子をどうするか。

ルリネをいくらいかせても、俺のオークさんはむしろ不満がたまるばかり。

(どこかでおりを見て、ルリネをおかずにオナニーするか)

とんだ変態プレイだが、仕方ない。

なにせ、妹の命がかかっているのだから！

第十四話：権謀術数スキルもちゃんとあるんです。このオーク

朝が来た、あれから何時間もルリネをいかせ続け、最後は気絶させてしまった。

そんなルリネはすやすやと俺の隣で眠っている。

「世話のやける妹だ」

水の精霊に頼んで、俺の特製スポーツドリンクを少しずつ流し込んでいる。

ひどいことになっているシーツを見ればわかるように、何度も絶頂したルリネの体は深刻な水分と塩分、ミネラル不足だから、こういうケアが必要。

ちなみに俺は今、賢者モード。

心が繋《つな》がらない限り抱かないという誓いを守るため、指と舌でルリネをいかせながら、オナニーをしたためだ。

……これ、意外と楽しい。セックスは最高だが、俺はオナニーもまた趣《おもむき》があっていいと思う。

こうやって、おかずを目の前でいじりながらのオナニーは、言うならば、いとおかし（大変趣がある様子）。

そんな俺の前にパジャマ姿の美少女が二人現れる。

「オルクさ、もうちょっと、静かにできなかったのかな」

「ううう、寝不足ですよ。なんですか、あれ。完全に獣じゃないですか。キツネの私が言うのもあれですがビーストです。というか、そう言うと獣さんに失礼なレベル」

薬でかなりアレな状態になっていたルリネはすごかった。

ほとんど絶叫。

鍛《きた》えているだけあって、見た目とは裏腹に体力があったのも災いした。

王城らしく防音はしっかりしており、廊下側には漏《も》れないが、それぞれの部屋の扉自体はわりと一般的なもの。

あたりまえのように、聞こえていただろう。

「まあ、大目に見てやってくれ。新しく家族になるかもしれない子だ」

「かもしれないどまりなんだね、あれだけすごいことして」

「すごいことって、俺はキスもセックスもしてない、指と舌で可愛《かわい》がっただけだ、Bまでだ、B。健全な関係と言える」

まったく、あれだけの美少女が目の前で乱れに乱れて、それでも我慢したのに、それを責めるなんて。

俺じゃなかったら確実にやっていたね！

「ある意味、すごいですよね、オルクさんの自制心」

「でも、本当かなぁ……ちょっと怪しいかも」

「まあ、というわけで、今のところは。俺が気に入って、アタック中ってだけだ」

ティータとクルルが複雑そうな顔をしている。

彼女たちは、ハーレムは許すけど反対という立場で、これ以上嫁が増えてほしくないと思っている。

だけど、優しいので邪魔《じゃま》をしたりはしない。

「ふう、わかったよ。とにかく好きにして」

「この前、オルクさんの好きにさせてあげたの、効果なかったですね。残念です。次の作戦を考えないと」

このいじらしさ、俺の女たちは最高だ。

もぞもぞと隣で眠っているルリネが動く。この騒ぎで目を覚ましたようだ。

「ううう、頭が痛いですの。あれ、オルク兄様、なんで、あれ、私、裸で、きゃあああああ！」

そして、絶叫。

いかに賢王ヴァレオとその右腕たるムーランの教育を受けているとはいえ、こういう不意打ちには弱いのだろう。

◇

それからしばらくして、ルリネは落ち着き、昨日のことを思い出して顔が茹《ゆ》でダコみたいに赤くなって俯《うつむ》いた。

なにこの、可愛《かわい》い生き物。

ティータとクルルが俺を部屋から追い出し、彼女を着替えさせたところで呼び戻される。

ルリネは全力で頭を下げた。

「申し訳ございませんの！　夜這《よば》いをかけて失敗したあげく、われを忘れて、あんなはしたないおねだり、それに、あんなに乱れて……死にたいですの」

あの状況でも、しっかり記憶が残っているようだ。昨日の痴態は彼女にとって、一生モノの恥かもしれない。

「まあ、楽しかったし、可愛かったし、エロかったし、おかずになったし、気にしてないよ。むしろ、ごちそうさま」

ただでさえ赤い顔がより赤くなった。

完璧でクールな感じだと思ったが、こういうところもあるんだな。より、好きになれそうだ。

「ううう、からかわないでくださいませ」

そんなルリネにティータとクルルが詰め寄る。

「ねえ、一つ聞いていいかな。オルクとは本当にやらなかったの？」

「あっ、キスしてないかも気になります」

「信用ないな！」

俺はやってないと言っているのに。

「はっ、はい、オルク兄様は、その、最後まで、キスと、そういうのはしませんでしたの。これは治療だって、指と舌だけで、気持ちよくしてくださいましたの……あっ、あと、その覚えてないだけで、そういうことしてないか不安になったので、確認しました、そういう痕跡《こんせき》はなかったですの」

確認した？　どうやって、そこ詳しく！

そう思っても口に出さない。なぜなら俺は紳士だから。

「へえ、すごい。こんな可愛い子があんな状態でちゃんと我慢したんだ」

「びっくりです。さきっぽだけならセーフとか言い出しませんでしたか？」

「いったい、俺をなんだと……俺はハーレムにかけては本気だし、命をかけてる。ハーレムは俺だけの夢じゃない。俺を鍛《きた》えてくれた師匠たちの夢でもある。そこだけは絶対に曲げない」

俺を信じ、俺を育ててくれた、偉大な師匠たち。

応援してくれた家族たちのためにも俺は負けない。

「これがハーレムじゃなかったら、ものすごくかっこいいのにね」

「でも、良かったかもしれません。この病気以外、オルクさんって完璧超人でイケメンですからね。ハーレムハーレム言ってなかったら、私たちが入る余地がないぐらいモテモテだったかも」

「それはあるかも、ハーレムづくりしてなかったら、そもそも会えてすらなかったし」

「そうだぞ、ハーレムに感謝しろ！」

「「オルク（さん）そういうところ（です）！」」

この二人、本当に息ピッタリだ。

ルリネがこらえきれずに吹き出した。

「ふふっ、くすくす」

「どうしたんだ」

「いえ、その、おかしくて、微笑《ほほえ》ましくて、本当に仲がいいんですのね。いいなって思いました。その環《わ》の中に入りたいって」

「いつでも歓迎だ！」

「考えておきますの。……もう、あんなことされたら、オルク兄様にもらってもらうしかないですし。政略結婚に使われるより、ずっと幸せかもしれません」

あれ、妹ちょろい。

まあ、この子、素で有能な人物を好きそうだし。

それに、指で探った感じ処女。処女があれだけ気持ちいいことをされたら、忘れられなくても仕方ない。

「あの、オルク兄様、ものすごく気持ち悪くて、悪いことを考えてませんの？」

「そっ、そんなことはない。ぴゅ～ぴゅぴゅぴゅ～♪」

口笛を吹く。

「ルリネ、教えてあげるよ。オルクが下手な口笛を吹くときって、嘘をついているときだよ」

「あとは都合が悪いことを隠しているときです」

「見抜かれている！」

これだけは癖だからな、気をつけても出てしまう。

ルリネがぺこりと頭を下げる。

さきほどの謝罪とは角度が違う、もっとフランクなもの。

「オルク兄様、こんなことになっちゃいましたけど、その、結果的には良かったと思いますの。オルク兄様がどんな人か知れましたの。……それと、その、気持ちよすぎて、忘れられません、また、ルリネをかわいがってくださいませ」

「任せておけ！」

「約束ですの」

そうして、ルリネが出ていく。

よし、仕事をしようか。

そろそろランドール商会で情報が取りまとめられているころだ。まず、それを回収しよう。

◇

その後、ランドール商会から見た情報と、ルリネとムーランからの情報を突き合わせて整合性を確認した。

彼女たちは嘘を言っておらず、俺が動くべきだと判断できた。また、今後の戦略に必要な材料にもなっている。

初手として、ルリネとムーランにオルク王子の帰還を大々的に公表させると共に、裏では、城を中心に噂を拡散させている。

噂の内容は『オルク王子は王位を狙っている』というもの。

今はまだ、王位を狙っているという情報を公にしてはならない。だが、噂という形であれば問題ないし、それを流すことに意味がある。

(目論見どおり、有力者たちが次々に面会を求めてきた)

この俺が、王位を狙っているという情報はけっして軽くない。

フォーランド王国において俺は有名人。賢王ヴァレオがもっとも強く推薦している王子であり、蒼雷《そうらい》の勇者の息子で、大賢者の弟子。革命を防いだ実績まである。

無視できようはずもない。

(今思えば、あの革命を阻止させた試験、あれ自体が俺を次期国王にするための実績作りでも

あったんだろうな)

そうして、俺との面会を求めた有力者たちの話を聞いていく。ただ聞くだけじゃない、鍛《きた》えに鍛えた観察眼に加え、魔術を併用し、真偽を確認しながらだ。

嘘か本当かを見分けることができれば、相手がついた嘘すらも重要な情報となる。

それこそ真実以上に。

嘘をついた意図、何を隠そうとしたのか、そこに膨大な情報が隠れている。

情報が集まれば、行動指針が決まる、行動指針が決まればその情報を駆使して、各方面で仕込みを行う。

政治で重要なのは会議での議論じゃない、どれだけ準備をしてきたか。会議は戦いの場ではなく、ただの結果発表の場だ。

(政治方面だけじゃなく、異変の調査も順調だ)

政治面での戦いと並行して、裏の仕事もしていた。

第一王子ファルタを消すタイミングを計りつつ、この国に起きた異変の原因を突き止めるため、変なアーティファクトや洗脳魔術、薬の痕跡《こんせき》なども探っていた。

そして、すでに痕跡を見つけてある。

勇者の力である精霊紋の力、精霊の完全支配を応用した。

精霊は世界の目であり記憶も存在する。

城内の精霊と意識を繋《つな》げれば、過去視が可能。

もっとも、これは禁じ手の一つ。たかが人が、精神のフォーマットから違う高位存在である精霊と意識を繋げるなど無謀だ。

ピンポイントで欲しい情報を最小限に絞ってでも、多大な負荷がかかる。

それでもやった。集めた情報から、過去を見るべきタイミングと場所を絞り、一瞬だけに制限しての過去視。

おかげでここ数日体調は最悪だ。

だが、その成果もあり、第一王子ファルタ、そして、その背後にいる連中が何をしたのかを理解した。

賢人会議の面々を洗脳で操りながらも、賢王ヴァレオやムーランを操れなかった謎も解き明かしている。

裏と表、双方から情報を集め、秘密を暴き、勝利への布石を積み重ねていく。

これらの成果を披露する時はそう遠くない。

◇

勝利への布石を揃《そろ》えた俺は、いよいよ舞台に立つことにした。

幸いと言ってはなんだが、第一王子ファルタを殺さないほうがいいと検討結果が出ており、極めて平和的に解決するプランで動いている。

目の前には、諸悪の根源が居て薄ら笑いを浮かべている。

「ふーん、負け犬たちが、ぞろぞろと集まったようだね」

城の会議室には王子と姫、そしてクビになってしまったムーランを除いた大臣たちが集まっている。

名目は、出奔していたオルク王子……つまり俺をどう扱うというもの。

もともと、先代の王が病に伏して、早急に次期の王を決めねばならない状況だった。

そんななか、第一王子ファルタを除いて王子たちが継承権を破棄した。姫たちのほとんどは王位を継ぐつもりなどなく、唯一その意志を示しているルリネは幼すぎる上に女性。

第一王子ファルタ以外の選択肢がないという状況だ。

だが、そこに俺が現れて、城内に俺が王位を狙っているという噂が流れた。

俺は十分、ファルタ王子の対抗馬になり得るだけの肩書きと実績がある。公式ではなくとも王になる意志があると示せば、向こうとしても対応をせざるを得ない。

(となれば、こういう場を正式に作る必要が出てくる)

第一王子ファルタとこうして向かい合う機会を作るための策略がハマったのだ。

……まったく、ここに来てから調子がくるう。使わないようにしていたコネと肩書を使ってばかりだ。

愚痴っていても始まらない、始めるとしようか。

気合いを入れる。

「うっ」

「ああ」

「なっ」

王子と姫の何人かがうめき声を出した。

気の応用、強く放出することで強烈な存在感を出す。それは気が扱えないものにも有効。

存在感・威圧感、こういうものは討論の場では武器になる。討論では、話の内容・理屈よりも印象が優先されることが多々あるのだ。

全員の視線が俺に集まる。

口火を切らせてもらおう。

「集まっていただき感謝する。さっそく、俺の考えを述べさせてもらう。第一王子ファルタは王の器じゃない。俺がいない間に賢人会議で決まった次期国王の仮決定は取り消してもらおう」

政争は賢王ヴァレオの試験以来だが、腕はなまっていない。

師匠である賢王の名に泥を塗らぬようにしなければ。

第十五話：繰り広げられる舌戦！　悲劇の兄弟対決

王子と姫、大臣を集めて、次期国王について論じる会議が始まった。

口火を切った俺に反応したのは第一王子ファルタ。

「へえ、僕が王に相応《ふさわ》しくないとはねぇ。言ってくれるよ。国を捨てた女の息子が」

麗《うるわ》しく気品がある青年だ。年の頃は二十代半ばと言ったところ。よくも悪くもいかにも王族な雰囲気を出している。

飛び出した言葉は母さんに対する中傷で眉をひそめてしまった。

第一王子ファルタの父は、現国王であり、母の兄。つまり俺の従兄《いとこ》だ。

「たしかに母さんは国を出た。残されたものたちがこの国を守れると信じていたからな」

「なら、息子の君も僕たちを信じて辺境に引きこもっているべきじゃないかな？」

「そうしたかったが、そうも言っていられない状況になった……このままじゃ、国が滅ぶ」

本来、俺は政治にクビを突っ込むつもりなんてなかった。

一国の王になるより、ハーレムの主でいたい。

「ふうん、でもさ、何を言おうが賢人会議で次期国王はこの僕に決まっているんだよ」

「そう聞いている。だが、内定しただけで戴冠したわけじゃない。王になる前なら、ひっくり返せる。先日の賢人会議での決定に異議を唱えたい」

俺の提案を第一王子は鼻で笑った。

「賢人会議の決定は絶対だよ。僕たち王族だって、おいそれと覆《くつがえ》せはしない。辺境育ちの君は知らなくても無理はないかな。説明してあげよう。王族の暴走を止めるために賢人会議は作られた。王族がその決定をあっさり覆せたら、国がめちゃくちゃになっちゃうじゃないか」

賢人会議は王族の監視を行うため存在している。

王国制の弱点というのは、愚鈍な王が君臨すれば、その時点で国が破滅に向かうこと。だから、賢王ヴァレオは安全装置として賢人会議というシステムを作った。

信頼できる貴族から大臣を選び、それらの合意なしには王であろうと国を動かすことができないようにした。

ファルタの指摘は間違ってはいないが、正しくもない。

「辺境育ちと俺のことを馬鹿にする割りには、自国の憲法すら理解していないようだな。……フォーランド王国憲法第三十四条、『賢人会議の決定は不可侵、だが重大な不備があった場合においてはその限りにあらず』。賢人会議の決定は絶対なんかじゃない」

俺は主要各国の言語、憲法、商法、刑法はすべて暗記している。

政治も商売も、ルールをいかにうまく使うかが重要になる。ルールに従いつつ、ときにはその穴を活用しなければならないのだ。ルールを完璧に把握《はあく》していなければ土俵に立つことすらできない。

「そんな憲法があるなんて、本当かい？」

それは俺ではなく大臣の一人、それも賢人会議のメンバーに問いかけた。

「そのとおりでございます。一言一句、間違いはありません」

「ふうーん、でもさ、不備なんてないよ」

「不備はある……賢人会議の面々は禁呪をもって洗脳されていた。そうだろう、ラナリア卿、メルサルディ卿、ユーナファレス卿」

賢人会議に所属する七名のうち三人に声をかけた。

その三人のうちラナリア卿が立ち上がる。

「オルク王子がおっしゃられた通り、我らは洗脳されていたのです。ファルタ王子に呼び出され、拘束され、怪しげな男たちに魔術をかけられ操り人形にされてしまった」

その告白に、会議の参加者がざわついた。

ラナリア卿は言葉を続ける。

「オルク王子に解呪していただくまで、そのことすら忘れておりました。このクルセ・ブラン・ラナリアは、メルサルディ卿、ユーナファレス卿との連名で、先日の賢人会議には重大な不備があったと証言します」

俺は王城に着いて、三日ほどで賢人会議の過半数が洗脳されていたことを突き止めた。

それも禁呪に分類されるものに。

痕跡《こんせき》をうまく隠蔽《いんぺい》しており、超一流の魔術士でなければ気付けないようになっていた。

逆に言えば超一流の魔術士ならば気付ける。

俺もいくつかの禁呪は知っているが初めて見る術式だった。それも、使われている発想が極めて新しい。おそらく、過去一年以内に開発されたもの。

ただでさえ、精神系の禁呪は極めて複雑精緻《せいち》。

なおかつ、術を生み出した者の実力は魔術だけなら俺に匹敵、いや超えているかもしれない。しかも、その禁呪からは確かに彼のくせが見えた。

(勘違いであってほしい。彼が黒幕なら、厄介《やっかい》なことになる)

それだけの術式だったため、洗脳された結果だけを見て、術式を逆算することは不可能。だから、術式が使われるところを見たかった。術式を組み上げるところを見れば、対抗術式も組み上げられる。

精霊との同調による過去視を必要としたのはそのためだ。

(数十秒しか、過去視ができないせいで苦労した)

ありとあらゆる情報を集め、分析し、推理し、禁呪が使われた場所とタイミングを特定。そこをピンポイントで過去視したことで禁術の発動を見届け、術式を知ったのだ。

術式を見たことで対抗術式を作ることが可能となり、三人にかけられた禁呪を解呪できた。

幸か不幸か、過去視で見えたのは術式の開発者ではなく、ただ術式を教わった手下だった。あのたどたどしさ、開発者であるわけがない。

おかげで術式をじっくりと見ることができたが、黒幕の姿を見ることはできなかった。

「というわけだ。参加者が洗脳されているんだ。重大な不備以外の何ものでもない。そして、フォーランド王国憲法、第八条にこうある『王族は賢人会議への干渉を禁じる』。賢人会議のメンバーを洗脳するなど、明確な憲法違反だ。第一王子ファルタはその罪を犯した。おまえに王になる権利などない。ただの犯罪者だ。王位継承権の剝奪《はくだつ》を提案する」

場が騒然となる。

絶対的な支配者が逆に犯罪者として、責められる立場に落ちたのだ。

……この場で糾弾したことには二つの意味がある。

一つ、彼を殺さずに済むように。

彼が罪を認め、王位継承権の剝奪を受け入れればすべて解決する。

早期問題解決のために彼を殺すことをためらわないつもりだったが、殺さないでいいなら、それにこしたことはない。

二つ、いざ彼を殺すときのための仕込みだ。俺は必要ならば彼を自殺に見せかけて殺す。彼が罪を認めずに泥仕合になれば、どれだけ時間がかかるかわからない。そうなった場合、彼は罪が暴かれたことに絶望、自殺したというストーリーを用意してある。

殺さないために行う手で、殺すための準備もしている。矛盾しているように見えるが、それこそが政治だ。

「へえ、変な言いがかりをつけてくるものだね、僕は洗脳なんてしてないよ。むしろ、その三人がオルクに洗脳されているんじゃないか？」

第一王子ファルタが選んだのは泥仕合を演じること。

そして、その泥仕合をやっている間に、エルフの村を襲撃して、人間と魔物の戦争を避けられないものにしてしまうつもりだ。

「ならば、この場で多数決をしようか、先日の賢人会議に不備があったかどうかだけでもな。幸い、ここには賢人会議の面々が揃《そろ》っている」

三人だけ洗脳を解いたのには意味がある。今日、この瞬間まで洗脳を解いていることがバレたくなかった。

そして、三人というのは、その三人と洗脳されていない面々を含めると過半数を超える数。別にこの場で、第一王子ファルタの罪を証明できなくとも、先日の次期国王決定を覆《くつがえ》しさえすれば、和平の破棄は止められる。

「やりたきゃやれよ。でも、みんな、新参者の話を真面目に聞くものだと感心するね」

「そうしないとならない状況をおまえが作った。みんな、聞いてくれ。このまま、ファルタ王子の好きにさせれば、和平は破棄される。先の大戦を思い出せ。人間も魔物も多くの血を流した。あのとき和平が成立したのは奇跡なんだ。和平を破棄すれば、また無数の血が流れる。こんどは、人間か魔物か、どちらかが絶滅するまで戦いは終わらない。そんな地獄を生み出してはいけない」

彼が人間と魔物の和平を破棄しようとしているのは広まっている。

俺の言葉を疑うものはいない。

「それは見解の相違だね、地獄になんてならない。魔物を殺して、さらって、奴隷にして、商品にして、兵士にして、奴らの土地を奪って。この国はもっともっと栄えていく！　僕の名とフォーランド王国の名は歴史に刻まれるだろう！　ああ、なんて素晴らしい未来だ。そこの半分魔物にはわからないだろうけど」

もし、フォーランド王国が魔王軍に勝てるのであれば、それも可能かもしれない。

そう、勝てるのであれば。

「そんな未来はこない。戦争になればフォーランド王国は負ける。この国に、前大戦で魔王と唯一渡り合えた勇者はいない。それどころか、人間側が一方的に和平を破棄すれば、俺の母、蒼雷《そうらい》の勇者ミレーユ・フォーランドは敵に回る。その師匠にして友、大賢者マリン・エンライトもだ。さらに言えば、魔物は長く若さを保つ、前大戦で猛威を振るった魔王軍の猛者《もさ》たちはほとんどが現役だ。勝ち目などない」

「はっ、魔物どもが暴れだせば、また勇者が現れるさ。今代の勇者がね！　そして必ず人間の味方になってくれる」

「……驚いた」

「ははは、勇者は人類の危機に現れることすら知らないのかい！　あのでき損ないの蒼雷《そうらい》の勇者でもそれなりに役立った。ちゃんとした勇者はもっとやってくれるさ」

驚いた、本当に心の底から。

「まさか、そんな、たった一人勇者が現れるだけで、魔物を、再編される魔王軍を相手に勝てると本気で思っていたなんて。……どれだけ、バカなんだ？」

呆れ果てる。

俺は修行で世界を巡った。商売のために情報を集めて世界を見てきた。

その上で断言できる。再編される魔王軍に勝てる人類の軍なんて存在しない。

世界すべての国々が協力してようやく、ぎりぎりで勝ち目が見えてくる。

そんな相手に、たかだか勇者が一人現れただけで勝てるとでも？

どれだけお花畑なんだ。

「なんだと！　先の大戦じゃ、勇者の快進撃で、魔王は和平を行うしかなかったじゃないか！人間を滅ぼせないから仕方なく停戦した。そして、今回は僕が王だ、僕が指揮すれば勝てる」

度《ど》し難《がた》い。

先の戦いについて、俺は徹底的に資料を集めたことがある。フォーランド国側の資料も、魔王軍側の資料も。

どちらから見ても、示す事実は一つ。

フォーランド王国は、あと一年も戦いが長引けば滅びていた。

当時ですらそんな状況で、今勝てる要素などなにもない。

先に言った、前大戦の人間側の主戦力が今回は魔王軍に流れることもあるし、前大戦では父さんはばらばらだった少数種族たちを、人間の猛攻を受けながら集めていて、やっと軍の形を為《な》したのは戦争後半。

だが、もし魔王軍再編となれば、前大戦の際とは比べ物にならない速度、規模で魔王軍が再編される。

……という話をしても理解できないだろう。

こういうタイプは見たいものしか見ない。

だから、もっとわかりやすい現実を見せよう。

「そうか、まあいいだろう。色々と言いたいことはあるが、一万歩譲《ゆず》って、仮に勇者が現れれば勝てると仮定しようか。その勇者がフォーランド王国側につくなど百パーセントありえない」

「なんで、そんなことが言える」

俺は手袋を外す。

内なる力に呼びかける。

「俺が勇者だからだ」

力が解放される。

両の手の甲にはくっきりと勇者の証《あかし》が浮かび上がっていた。

精霊紋、勇者の証、多くの文献に載っている。また、フォーランドは勇者との結びつきが強い。王族と上級貴族でこの紋章を知らないものなどいない。

また、それが偽物だと疑うものもいない。

俺に付き従う莫大《ばくだい》な量の精霊たちが、それを真実だと告げている。

「仮にフォーランド王国と魔王軍の戦争になった場合、今代の勇者、オルク・フォーランドは魔王軍につくと宣言する。故《ゆえ》に、和平の破棄などただの自殺行為だ」

「うっ、うそだ、うそだっ、お前が勇者なんて、オーク混じりが勇者なんて！　なんで、なんで、なんで、今まで黙っていた！」

「……勇者とばれたら色々と面倒だからな。本当は明かしたくなかった」

ただでさえ、賢王ヴァレオに次の王になれと言われているのに、勇者なんてことまで公表したら大変なことになるのが目に見えている。

勇者の力に義務などなくとも、人は、社会は、強い力に義務と責任を押し付ける。

「やっぱり、オルクは、魔物だ、魔物だから、人間を裏切る！」

「それは違うな。俺はオークだが人間でもある。心も体も半分ずつだ。だから、俺と俺の恋人たちが幸せに暮らせる世界を目指すだけだ。さあ、答えてくれファルタ。勇者は敵だ。それでも、まだ戦うつもりか？」

これが最後通告。

諦《あきら》めてくれ。

そうしてくれないと、俺はおまえを殺さざるを得なくなる。

第十六話：偉大な王様って、だいたい人格と家庭のほうには問題を抱えている

フォーランド王国にやってきて数日がかりで、第一王子ファルタの陰謀を調べた。それも、最悪の事態を想定しながら。

賢人会議の面々が洗脳できて、賢王やムーランを洗脳できなかったのは彼らが用心深く、常に超一流の腕を持つ護衛と行動し、本人もまた超一流の使い手だったから。

そして、もっとも危険視していた魔王軍との戦いに関する勝算は肩透かしもいいところだ。

都合良く勇者が登場する夢物語を信じていただけ。

この会議での目的は、その勝算を知ることも含まれていたが拍子抜けだった。

いや、もしかしたら彼が、第一王子ファルタを唆《そそのか》したのかもしれない。

彼の目的は、ただたんに和平の破棄だけだと考えるのなら、フォーランド王国側に勝算がなくてもおかしくはない。フォーランド王国に戦いを仕掛けさせればいいのだから。

「あはは、あはははははは、あははははははははははは！！！」

第一王子ファルタが高笑いをする。

気でもふれたかのようだ。

「ああ、なんだこれ。ふざけてる、ふざけてるよ。なんだ、お前、なんなんだよ！　魔王と勇

者の息子で、ありとあらゆる才能に恵まれて、賢王ヴァレオの寵愛《ちょうあい》と薫陶《くんとう》を受けて、商人の神様と格闘王と大賢者の弟子、どの分野でも超一流、あげくの果てに勇者様か！　僕が欲しかったものを、なんでも、なんでも持ってやがる。おまえはいったいなんなんだよ！」

ファルタの目には俺に対する敵意と怒りがあった。

顔つきが変わる。さきほどまでの見下すものではなく、むしろ憧れや嫉妬《しっと》のようなものが込められた表情。

人が変わったというより、こちらが彼の素顔だ。

「僕はさ、ずっと賢王ヴァレオに憧れていたんだ、憧れて努力して、やっと面会できた日、あいつ、僕になんて言ったと思う？　『興味がもてない、王族に生まれただけの凡人だ』……あ、そのとおりだよ。才能のなさは父親譲《ゆず》りだ、知ってるか？　僕の父親は、妹がいなくなってくれたから王になったと陰口を言われてる。国王なのに、ろくに名前を知られちゃいない」

現国王ファブリスは才覚があるタイプじゃない。

先人が引いたレールを無難に走るタイプ。

それを悪いとは言わない。病に伏せるまでは、大きなトラブルなくこの国を導いてきた。

「もし僕が王になれば父さんと同じになる。毎日、毎日、同じことを繰り返して誰の記憶にも残らず、無難に任期を終えて消えていく。歴史の本にだって、歴代国王一覧に名前が書かれて終わり。それが、王族に生まれただけの凡人、ファルタ・フォーランドの限界だ……そんなの許せるわけがないだろう！」

ここまで来てようやく第一王子ファルタが何を考え、こんなことをしでかしたかに気付いた。

「まさか、自分の名を歴史に刻むために、こんなことをしたのか？」

「ああ、そうだよ。僕はね、賢王ヴァレオと蒼雷《そうらい》の勇者が積み上げたものを全部ぶち壊して、その上で新たな歴史を刻む。そのためには戦乱と、圧倒的な成果が必要なのさ！　僕は魔王軍を滅ぼして、偉大な王として名を馳《は》せる。……はずだったんだ」

「そんな未来は来ない。魔王軍と戦えば確実に負ける。もし、和平の破棄を為《な》したところで、お前の名は偉大な王として刻まれはしない、国を破滅に追いやった戦犯、あるいは愚王として刻まれるだけだ」

ファルタはにやりと笑う。

「それでもいいんだ。父のように、誰にも覚えられず、ただ消えていくだけなら、戦犯だろうが、愚王だろうが、なんでもいい、その他大勢になんかなってやるもんか……もう誰も止められない。すでに進軍は始まっているころさ！　残念だったね。あはは っ、和平の破棄なんて、もう関係ない、エルフの村を焼き払えば戦争になる！　そう、僕が起こした戦争だ！」

彼の目の奥には、諦《あきら》めなどない、野望の光がらんらんと輝いている。

賢人会議の決定を覆《くつがえ》した今、和平の破棄は絶望的。

和平の破棄がなされない状況では、進軍など不可能。

なのに、進軍が為される理由は一つしかない。

「軍の司令官を洗脳したのか」

「ああ、そうだよ。それも三つの砦《とりで》の司令官をだ。僕はね、賢王ヴァレオが認めた君のことを評価して、恐れていたんだ、君がこうして僕の前に現れた時点で、和平の破棄が止められるって思ったよ。だから、こんな手を打った。凡人の意地だ」

理には適《かな》っている。だが、詰んではいない。

まだ、戦争は止められる。

息を吸ってファルタから視線を外し、この場にいる全員の顔を見渡す。

「ここにいる全員に提案する。第一王子ファルタは洗脳を行ったと自白した。拘束しろ！　拷《ごう》問《もん》をしてでも情報を引き出さなければならない。洗脳の対象者、そして今回の事件における彼の協力者を！」

王族の付き人をはじめとした武力を持つものたちが動く。

もはや、大勢は決した。

第一王子ファルタが自白した以上、もう彼の一派は動きようがない。

……問題は進軍した軍隊をどうするかだ。

彼の言葉を信じるなら、三つの砦から同時に進軍しているだろう。

そのすべてを止めなければならない。

（いけるな）

城で洗脳魔術が使われ始めた時期などを考慮してみると、洗脳されているのは司令とその副官のみと言ったところ、兵の一人ひとりまでの洗脳は不可能。

なぜなら、あの禁呪は超高難易度な上で消耗も激しい。黒幕は何人かに術式を教えているとしても術者はせいぜい数人で一日に使えるのも一、二回が限度。

そうであれば、司令官以上の命令権を持つ高位貴族、あるいは王族が直接出向いて命令すれば、兵士たちの動きを止められる。

「よく聞いてくれ。進軍は止められる。司令官が洗脳されていたとしても、それ以上の命令権を持つものが現地に行き、命令権を剝奪《はくだつ》すれば兵士たちは足を止める。今すぐ人選を行い、出発の準備を急げ！」

本来、俺にこんなことを言うだけの権限などないのだが、流れと雰囲気で、みんなは従ってくれる。

緊急事態だとわかっているのだ。

そして、この場にいる面々には、この状況で動けるだけの実力と行動力はある。

さきほどまで黙っていたルリネが口を開く。

「オルク兄様はどうなされるのですか？」

「俺は直接、エルフの村に行く。フォーランドの王族としてではなく、魔王の息子としてだ。

村の中からなら想定外の事態にも対応できる。計算通りなら進軍は止められる。……だが、嫌な予感がするんだ」

嫌な予感があると言ったが、公表できないやり方で行った情報収集のほうで、その傾向が見えていた。

そして、ファルタ王子をそそのかしたのが彼であればこちらの想定など軽く超える。

これぐらいの保険は必要だ。

彼が、三つの軍にまぎれていた場合、かなり厄介《やっかい》なことになってしまう。

「わかりましたの」

会議が終わった。

俺はその場にいる被洗脳者が誰かを指摘し、洗脳を解いて部屋をあとにする。

洗脳を解くには繊細な術式が必要なため二時間ほどかかった。時間がかかってもこの作業をしたのは、洗脳されている高位貴族なんてものを残して、ここを留守にするなどリスクが高すぎるからだ。

そんな俺をルリネが追いかけてきた。

もうすでに進軍阻止のためにみんな出かけた後なので、二人きりとなっている。

「エルフの村、私も同行させてください！」

「理由を言ってほしい。今は一刻を争う状況だ。足手まといはいらない」

「三つありますの。魔王の子としてオルク様がエルフの村に向かわれるなら、謝罪をするためフォーランドの王国の王族が同行する必要がありますの」

「俺は王族でもある」

「でも、純粋な人間である私がいたほうが誠意は伝わりますの」

そのロジックは正しい。どちらでもある俺より、ルリネのほうがいい。

とくに今回の場合は魔王の子として、援軍だと言ってエルフの村へ入る。

そこで、俺が敵側の王族でもあるとわざわざ言うとエルフたちが混乱するかもしれない。

「二つ目は？」

「オルク兄様を除けば王族の中で一番強いのは私ですの。エルフの村は、王族が必要とされる場所で一番危険。私が適任ですの」

「たしかにな」

「私の強さを疑いませんのね」

可憐《かれん》な少女。

剣よりも花や宝石がよほど似合いそう。

武の心得がないものが見れば、彼女が強いと言っても何の冗談かと思うだろう。

「気を使いこなしているし、剣術も相当やるのは見ればわかる。それも王宮剣術、母さんと似ている」

「あっ、わかるんですね。私、ミレーユ様にあこがれておりまして、ミレーユ様と同じ師匠をつけてもらって、同じ訓練を受けさせてもらっていますの！」

どうりで強いわけだ。母さんが強いのは勇者の力が大きいが、技術は努力で培《つちか》ったもの。

「三つ目は？」

「私とオルク兄様は好きあってますから」

笑ってしまう。

「俺はおまえのことを気に入っているが、ルリネは俺を好きなふりをしているだけだろう」

「今は違いますの。オルク兄様がここへ来てからずっと見ていましたの。はっきり言いますわ。惚《ほ》れましたの。さきほどの会議でファルタを追い詰める手腕……濡れましたわ。今度の好きは本気。私は、オルク兄様みたいになりたい」

素直に喜びたいところだが、憧れと好きがごっちゃになっている。

この年代の少女にありがちな病気だ。

彼女は俺を愛しているわけじゃない。

「わかった。連れていく。だがな、俺を目指すのはやめろ」

「それは、私には才能がないからですの？」

「ルリネには才能がある。賢王ヴァレオが見込んだだけのことはある。問題は俺にあるんだ。俺には、王の資質はあっても王の資格はない。俺は王になってはいけない……全部終わったら、ルリネを次期国王に推薦する。俺がサポートすることを条件に加え、賢王ヴァレオを呼び戻し、ムーランを復職させれば了承されるだろう。それでも足りなければ、母さんと大賢者もこっちに呼ぶ」

それは王城で過ごし、ルリネを含めた王族たちを見て決めたこと。彼女が一番適性をもっている。

「どうしてですの？　オルク兄様以上に、ふさわしい人なんていませんわ。オークだってことを気にしていますの？」

「そこは問題だとは思ってない。答えは自分で考えてくれ。王を目指すなら必要なことだ」

「わかりましたの」

たぶん、そう遠くないうちにルリネは俺の言葉の意味に気付くだろう。

「それと、その、全部終わったら、抱いてくれませんの？　あの日、オルク兄様に、可愛《かわい》がってもらってから、体が疼《うず》いて……おかしくなりそうですの」

どうしたものか。

今のルリネは憧れと愛情を勘違いしているだけ。

それがわかって手を出すのは、ポリシーに反する。

「体が疼いて仕方ないなら、帰ってきてからと言わず、可愛がってやる。でも、愛してやるのは宿題が解けたときのご褒美《ほうび》だ」

「もう、オルク兄様はいじわるですの。でも、お言葉に甘えて可愛がっていただきますの」

必殺、先延ばし！

その間に、ちゃんと恋と憧れの違いを教えてあげるのだ。

その上で本当の恋をさせてやる。

さあ、人間と魔物の戦争阻止も、あらたなハーレムメンバーの確保も忙しくなってきた。

両方完璧にやり遂げてみせよう。

第十七話：敵地でエロ展開って不自然。そう思っていたことがありました

荷物のように肩にルリネを担いで疾走《しっそう》していた。

目的地は、エルフの村だ。

高位貴族たちの洗脳を解くのに二時間ほど要したため、進軍阻止部隊よりかなり遅れての出発になる。

「おっ、オルク兄様、はやっ、というか、この運び方、どうにかなりませんの!?」

ここで、降りて走ると言わないあたりルリネは頭がいい。

俺がこうして担いで走っているのは、そっちのほうが速いからに他ならない。

「ハイキングならお姫様抱っこしてやれるが。ここはもう敵地だ」

お姫様抱っこは両手がふさがるため、反撃に移るのにワンテンポ遅れる。

その点、こうして肩に担いでおけば利き腕がフリーになる。

背中に縛り付けることも考えたが、そうした場合、素早くルリネを下ろすことができない。

「納得しましたの……こんなにくっついてると、オルク兄様の匂《にお》いでくらくらしますの。オルク兄様、いい匂い」

「それ、男のセリフだからな」

口に出さないだけで俺もしっかりルリネの香りを楽しませてもらっている。

女の子というのはなんていい匂いなのだろうか。

「あの、ティータ様とクルル様はご一緒しなくて良かったですの？」

「ファルタ王子を唆《そそのか》した術者が、俺の師匠クラスに強いことを想定している。その場合、かばえるのは一人が限度。こうして担いで走れるのが一人だけってのもあるな。オークカーは貸してしまったし」

速度最優先だ。

ティータとクルルも、エヴォル・オークの母体強化能力と修行のおかげで、並の一流程度なら相手にもならない。

だけど、師匠クラスを考慮すると足手まといとなってしまう。

「よくわかりましたの。少し残念。あの、オークカーに乗ってみたかったですの」

「機会はいくらでもあるさ」

オークカーは一番遠い砦《とりで》の進軍を止める連中に貸した。

そうしないと間に合いそうになかったのだ。

洗脳解除の片手間に使い方を教えたが、極めてユーザーフレンドリーな設計のため、三十分もすれば騎士たちは乗りこなすことができて大はしゃぎしていた。

「楽しみにしておりますの。でも、お城に残すのも危険じゃないですの？　黒幕さんがお城に残っている想定もするべき。オルク兄様が最大の脅威《きょうい》だって言うのは明確。二人がさらわれて人質にされるかもしれません」

「そっちは大丈夫だ。あの会議が始まるまえに、二人をこっそり城から抜け出させて、ランドール商会のセーフルームで匿《かくま》っている」

ランドール商会の重役たちが身を隠すためのセーフハウス。

大商会ともなるとそういうのが必要になってくる。

セーフハウスの隠匿性《いんとくせい》は極めて高く、まず見つからないし、とても快適だ。

二人の安全を考えれば最善だろう。

「さすがはオルク兄様ですの。抜け目がないですのね。ひゃんっ」

「どうした？」

「その、オルク兄様に可愛《かわい》がってもらってから、敏感になってしまっていて……オルク兄様の匂《にお》いをかいでると、その、あそこがきゅんって、熱くなって、揺れて、擦《こす》れるたび、切なくて……ううう、ルリネはエッチな子ですの。嫌いにならないでくださいませ」

「嫌いになんてなるものか、お兄ちゃんはエッチな子が大好きだぞ！」

なにせ、俺もとてもエッチだ。

風の精霊に目になってもらい、肩に担いだまま、ルリネのスカートの中を覗《のぞ》く。

本当に濡れている。

「良かったですの。きゃんっ」

ルリネの体がまた跳ねた。今度は揺れが原因ではない。

俺の指だ。

「もう、オルク兄様ったら、いきなり触るなんて、怒りますわよ」

「でも、ルリネの体は喜んでいるんだろう」

ぐへへへ、口ではそう言っても、体は喜んでるぜ。

一度は言ってみたいセリフランキング八位を自然な流れで言うことができてとても満足だ。

「いっ、言わないでほしいですの。あんっ、そこ、弱いところ、ばっかり、んっ」

風の精霊たちに頼み、ルリネを風で支えてもらい、走りながら愛撫《あいぶ》してやる。これならちゃんと利き腕をフリーにして戦闘に備えられる。

全力疾走《しっそう》、魔術制御、愛撫。三つのまったく異なる技を使うのはひどく難しい。それでいて周囲への警戒はまったく緩めていない。

例えるなら、数学の難問に挑みながら、ハードル走をしつつ、編み物をしているようなもの。

特殊な訓練を受けてないと絶対にできない。

マルチタスクは魔術戦闘の基本であり、基本を徹底して鍛《きた》えてきたからこそこういう真似《まね》ができる。

真面目に修行してきて良かった。

「あっ、指っ、はげしっ、いくっ、いっちゃいますの。んんんっ……はぁはぁ、オルク兄様、気持ちよかったですの」

「喜んでもらえてなによりだ」

「はあはあ、でも、してもらってばかりで悪いですの。私のせいで、オルク兄様のパンパンになっていますわ」

バレていたか、妹の痴態に反応して、俺のオークさんがびんびんだ。

「あの、あとで、してあげますの」

「愛し合うのは宿題が解けてからだと言っただろ」

「その、手とか口とかで、私、ちゃんとできますの」

「……なんだと。そういうことを知っているってことは、まさか、したことがあるのか」

処女であることは確認済だが、まさか、オーラルまでは別の男と。

「違いますの！　私たち姫は政略結婚の道具、嫁ぎ先で喜んでもらうため、いろんな玩具《おもちゃ》で練習させられますの」

なんだ、おもちゃか。

というか、フォーランド王国やばいな。

王国直伝の性技とかあるのか。きっとすごいだろうな。なにせ、政略結婚という場で使う武器として鍛《きた》えているのだから生半可《なまはんか》な技術じゃないはず。

色香をもって、海千山千の権力者を国益のために操るための技術……ごくりっ。

「お願いします。ルリネさん。ぜひ、お手とお口でいたしてください」

「どうして、いきなり敬語なんですの？」

それはもう、王国直伝性技とかかしこまるしかない。

俺は王族ではあるが、気持ちは小市民なのだから。

◇

それから、発情が収まったルリネを担いで俺は走る。

……結局、あとでと言ったのに、走りながら手で抜いてもらった。

いい感じにルリネを空中固定しつつ手淫《しゅいん》。ものすごく繊細な操作を、あそこをいじられながらやる。さすがの俺も初体験、おかげでまた一つ大きな壁を越えた気がする。

今なら、どんな状況でも魔術制御をこなせる自信がある。

気持ちよかった、ルリネの小さくて柔らかい手での手コキ。

「あの、どうでした？」

俺のあれでべっとりとした手をペロッと舐《な》めながらルリネが問いかけてくる。

やめてくれ。そんなエロいことをされたら、また俺のオークさんがスタン◯アップビクトリーしてしまう。

今は終わりのないディフェンスをしている余裕はない。

「とても、ロイヤルだったよ」

「よくわからないですの。でも、喜んでもらえているようで安心しましたの」

ルリネの手に目が引かれる。舐《な》める仕草がエロかったからだが、一つ気になることがある。

ルリネの手はとても柔らかくて綺麗だ。

そして、それは極めて異常なこと。ルリネは剣の鍛錬を積んでいる。それも生半可《なまはんか》なレベルじゃない。普通なら、マメができて潰《つぶ》れて、硬い手のひらになるはずなのだ。

そういえば、母さんは今でも毎日剣の稽古をしており、一万回の素振りが習慣なのだが、綺麗で柔らかい手だった。王族の人間は特別な力を持っているのだろうか？

ちょっと今度調べてみよう。王族に不思議な能力があるなら、俺にも母さんからの遺伝で宿っているかもしれない。……妙に母さんが若作りなのも、気の力だけじゃなく、その能力絡《がら》みの可能性が高い。

「ふふっ、あのさっきから、どうして手をじっと見ておりますの？」

「いや、精液舐めるところがとてもエロいなと。でも、まずいだろ。無理はしなくてもいい」

「好きでそうしてますの。オルク兄様のこれ、とっても美味《おい》しいですの」

なんてエロい妹なんだ。

やめろ、スタンドアップｒｙ。

「私ったら、またエッチなことを。恥ずかしいですの。でも、一つだけ言い訳をさせてほしいのです。私、いつもはこんなにエッチじゃないですの。オルク兄様と一緒にいるときだけ、変になってしまいます。これが恋なのですね」

「ああ、うん、それは、どうだろう」

言われてみれば、ルリネがエッチな子だとしてもこの状況で発情するのは異常だ。

エロゲーじゃあるまいし、戦争が起こるかの瀬戸際で作戦行動中に発情するわけがない。

……ルリネの発情は、俺本人でも忘れていた設定のせいかもしれない。

そう、オークの特性。雌《めす》の本能に働きかけ、強い雄《おす》の子供をほしいと思わせるアレだ！　強ければ強いほどモテる。

（ああ、そう言えば、そういうエロゲー設定あったなー）

俺は封印でエヴォル・オークの力と血を封じ込めているため、オーク・パワーは使えない。

だが、オークには雌の本能に訴える力以外にも、体液が媚薬《びやく》になる力だとか、発情フェロモンを出すとか、他種族の雌を孕《はら》ますためのエロゲー設定がいくつか存在する。

ルリネの状態は、そのオーク・パワーを受けているように見える。

もしかしたら、強敵に挑むために以前封印を解いたことや、力を引き出す訓練を日課にしていたおかげで封印されていたオーク・パワーが漏《も》れ出るようになったのかもしれない。

やっと俺もオーク・パワーをゲットしたのか。

オークックックッ　※嫁たちには不評なオークらしさを取り入れた笑い方。

「オルク兄様ったら、エッチで気持ち悪い笑い方してますの」

「すまない、くせなんだ」

「私に発情してくれているなら、抱いてくださって構いませんのに」

「言っただろう、ちゃんと宿題を終えてからだって」

「がんばりますの。早く、オルク兄様にめちゃくちゃにしてもらいたいですの」

俺は苦笑する。

さっき、ノリと勢いでオークックックッとオーク笑いをしたが、今となってはオーク・パワーに頼りたくない。

心と身体両方がつながるハーレムを目指している。

オーク・パワーはポリシーを曲げてしまう。

(目覚めたばかりで悪いが眠ってくれ。オーク・パワーよ)

だから、内なる力に働きかける。いつもより念入りにオークの力を封印していく。それこそ漏《も》れ出て、体に残留しているものも含めて。

俺が俺らしくあるために、オーク・パワーが必要なとき以外はしっかりと鍵をかけよう。

俺はこんな力に頼らず、欲しい女を手に入れてみせる。

気づかなかったとはいえ、ルリネには悪いことをしてしまった。力を封印して、それでもなお好きなってくれたときは、改めて彼女に向き合おう。

◇

やっとのことでエルフの村についた。

今頃、俺たちより先に出発していた進軍阻止チームが目的地にたどり着いているころか。

エルフの村はティータの故郷と違い、世界樹の結界がなければ、大量にマナが溢《あふ》れているということもない。

ごく一般的なエルフの村。

ココナヤシという名前だったと記憶している。

特徴的なのが、ここの民は大樹を家にしていること。

枝の上に家を建てたり、樹洞《じゅどう》の中に住んだりと、自然との調和という意味であれば、ティータのところよりよほどエルフらしい。

そういうこともあって、村を木の柵《さく》や石壁などでは守っていない。

なにせ、樹上に住んでいるので、端《はな》から上を取っている、侵入者を頭上から弓矢で狙うというスタイルなのだ。

今も村の守り人たちが弓を樹上で構えている。

「何者だ！　汚らしい人間がココナヤシに踏み入ることは許さない」

よしっ、人間って言ってもらえた。

エルフの場合、感性が人間よりもかなり鋭いから、第一印象で俺をオークだと見破ることが多い。しかし、いつもより念入りにオークの血を封印したおかげで人間に見えているようだ。

「オークの村、オークルシルのオルク。魔王の息子としてやってきた。……この村は狙われている！」

ドンッ！　っと効果が出そうな感じで決めポーズをしながら言ってみた。

「どうみても人間だろう、貴様は」

「聞いたことがないか、魔王の息子は人間とのハーフだと」

見張りエルフの顔色が変わる。

「そこで待て。貴様の言っていることが正しいか判断できるお方を連れてくる」

俺は魔王軍の使いとやってきた。

その意味は、彼らにとっても重い。

ましてや、魔王の息子を名乗ったのだ。けっして無視はできない。

見張りは三人いて、そのうち二人は弓を抱えたまま、一人が奥のほうに消えていく。

そして、村長を連れて戻ってきた。

見覚えがある顔だ。八種族会議でオークの村にやってきた男。エルフのため十年たってもほとんど容姿に変わりはない。

そして、彼とはとある事情であの後も何度か会っている。
その後ろには、あの子もいた。女がほしいと思ったきっかけの子。
思えば、彼女が初恋の相手だ。
「彼は間違いなく、魔王の息子だ。案内したまえ」
力強く断言する。
これで、エルフの村に入ることはできた。
あとは襲撃に備えるだけだ。

第十八話：初恋の子は綺麗になったけど、もっと綺麗な子が嫁なのでどうでもいい

樹上に登り、村長の家に通される。

村で一番大きな樹をくり抜いた家が村長のものだ。

人間が同じことをやれば樹を殺してしまうのだが、エルフの場合は樹を生きたまま住処《すみか》にすることができる。

エルフたちは雨露を凌《しの》ぐことができ、樹のほうはエルフに世話をしてもらえるし、漏《も》れ出る魔力を吸うことで活力が得られる。共存共栄だ。

（なぜか、この世界のエルフたちは和風な生活スタイルなんだよな）

椅子などはなく、用意された座布団の上に正座をする。

ルリネが固まっていた。正座なんて文化を全く知らない上に、フォーランドだと床に座るのは行儀が悪いと躾《しつ》けられているせいだ。

「土の精霊よ、火の精霊よ、風の精霊よ」

土の精霊に働きかけ粘度質な土を外から持ってきてもらい成形し、火の精霊で焼き固め、風の精霊の力で冷ます。

そしてできたのは、椅子だ。

「彼女は人間で床に座るのになれていないんだ。椅子を使わせても構わないか？」

「構わんよ。人間と違って我らはあるがままを信条とする故《ゆえ》に」

割りと魔物たちはマナーうんぬんを気にすることは少ない。祭りとかしきたりとかは異常にうるさいけど。

「オルク兄様、助かりましたの」

ルリネが俺の作った椅子に腰をおろした。

これでようやく話ができる。

「一年ぶりだな。クルリナは変わらない」

親しげな笑顔で話しかける。

「オルク殿はずいぶんと大きくなられた」

エルフの村の長クルリナにはもう一つの顔がある。魔王直属四天王の一人だ。

父さんが魔王をやめて、オークの村の長になったように、彼もまた魔王軍が解散したあとはエルフの村の長に収まった。

そんな彼とは、八種族会議のあとにもちょくちょく会っていた。

理由は父さんが拗《す》ねたこと。

俺が修行をする際、母さんのコネだけで教師を集めて、自分が何も教えてやれないことをかなり気にしていた。

そこで、魔王軍直属四天王をたまに呼び出しては俺の相手をさせたのだ。

さすがに、五人の師匠が教えてくれている分だけでスケジュールがいっぱいいっぱいで、カリキュラムを増やすわけにはいかない。

でも、模擬戦の相手をしてもらったり、一日授業で一芸だけ授けてもらえたのは本当にありがたかった。

クルリナは、魔王軍一の狙撃手。いや、世界一と言っていい。

超絶的な弓技能と、風を操る魔術を併用し、動かない的であれば三キロ先からでも必中。それも音速の五倍というふざけた速度・威力で狙ってくる。

かつての大戦では、その狙撃能力を存分に発揮し、人間側の英雄たちを次々と屠《ほふ》った。

また、真の脅威《きょうい》は反則的な狙撃能力ではない。人間側に一度たりとも目撃されなかった隠《おん》密《みつ》能力。

誰も彼を見つけられない。誰よりもうまく気配を消し、誰よりも先に相手を見つける。不可視の暗殺者と呼ばれ、魔王軍の中でもっとも恐れられた男。

俺の気配感知技能や、集中力を高める技は彼から教わったものだ。

「成長期だからな。つもる話をしたいところだが、時間がないので本題に入らせてもらう。まずいことになった。……フォーランド王国の第一王子ファルタが洗脳されて、和平の破棄を画策し、この村に向けて軍を派遣した。狙いは村を焼き、エルフを拉致《らち》すること」

「ほうっ」

クルリナが目を細める。

「王子が正気を失っていることを証明し、捕らえ、権利を剝奪《はくだつ》することができた。和平が破棄されることはない。だが、すでに進軍命令は出された後だった。その上、軍の司令が洗脳されている恐れがある……フォーランド王国は必死に止めようとしているところだが。間に合わなければこの村は焼かれ、エルフたちはさらわれる」

娘のほうは動揺しているが、クルリナは静かに頷《うなず》いた。

くぐった修羅場の数が違う。

「ふむ、軍が相手なら私では分が悪い。オルク殿が来たのは、助太刀《すけだち》するためですかな」

「そのとおりだ。この村にいるエルフたちはクルリナを除いて、戦闘に長《た》けていない。そして、クルリナは対個人では無敵だが、対軍能力は低い」

クルリナは完璧に見えて、致命的な欠点がある。

クルリナというより、この村にいるエルフ特有の弱点。

瞬間放出量はトップクラスなくせに魔力総量が極めて少ないため、すぐガス欠を起こす。

魔力を用いた近接戦闘などでは十分ももたないし、遠距離攻撃を行う場合でも全力での攻撃は五発がせいぜい。

彼が潜み、遠距離狙撃に徹するのは、そういった弱点を補うため。

必中の魔弾であるがゆえに、英雄クラスを相手にしても五発もあれば事足りる。だが、大軍などが相手では、数人殺して力尽きるのが関の山。

「感謝を。オルク殿がいれば負けはない……初対面では卑屈でひ弱で、どうしようもなかった子供がこうなるとは。わかっていれば、娘を許嫁《いいなずけ》にしていたのですがな」

「それは惜しいな。クルリナの娘はとても美人だ。だけど、これで良かったと思う。娘の顔を見てみろ」

「ははは、たしかに」

クルリナが笑う、彼の娘はとても嫌そうな顔をしていた。

このあたりのエルフは、この辺のオークが昔はっちゃけすぎたせいで、絵本やら、昔話やら、いろんなもので、オークは汚らわしく怖い生き物だと教えられながら育つ。

オークは生理的に無理なのだ。

初恋の子にそういう態度を取られても、あまり気にしてない自分に驚いた。

俺も大人になったし、彼女以上に好きになり、愛し合ったティータやクルルのおかげだろう。

「それにしても、フォーランド王国が再び我らに弓引くとは……先の大戦で懲《こ》りていなかったと見える。和平を結ぶのが早すぎた。いや、和平など結ぶべきではなかったかもしれない」

クルリナの目にひどく剣呑《けんのん》な光が宿る。

今回の襲撃を恐れてはおらず、むしろ血を求める気配すら漂っている。

魔物側は今でも人間を憎んでいるものが多い。

あの大戦はもともと同胞が人間におもちゃにされ続けた魔物の怒りから始まった。

そして、お互い様ではあるが、大戦のさなか多くの血が流れ、さらに怨《うら》みと怒りが募った。

まして、魔物は寿命が長く世代が替わっておらず、悪感情は風化していない。

父さんが苦労したのは人間との戦い以上に、味方に和平を受け入れさせることだった。人間を皆殺しにしろという意見が非常に強かったらしい。

(魔物側にも戦争を起こしたい連中がいくらでもいる)

ならばこそ、俺は焦っていた。

きっかけが用意されてしまえば、戦争は始まってしまうし、今度は止められない。

「クルリナ、落ち着いてくれ。言っただろう。フォーランドの王子も何者かに洗脳されたと。襲撃に怒り、手を出して戦火を広げれば黒幕の思うツボだ」

「ふむ、オルク殿は黒幕の目的が大戦を再び起こすことであり。第一王子とやらも、私も等しく利用されていると？」

第一王子ファルタが洗脳されていると言ったのは、そういう印象を植え付けるためである。

実際のところ、洗脳されたわけではなく彼はそそのかされていただけだ。

それでも、第一王子ファルタの暴走よりも、彼も洗脳されていた被害者にしたほうが、都合がいいからこう言っている。

そして、それは何も口からの出任せじゃない。

胸元から羊皮紙を取り出す。

「これが、フォーランド王国内で洗脳に使われた禁呪。俺も初めて見るものだ。クルリナならこれを見て、俺の言いたいことがわかるだろう」

術式をクルリナがじっと見る。

そして、人間が攻めてくると言っても動揺しなかった彼が動揺した。

「この術式は、いや、まさか、そんなことがあるはずは」

「この術式のくせは人間のものじゃない、基本思想が違う。もちろん、術式を組み上げたのが魔物側ってだけで、使っていたのは人間かもしれない。だが、黒幕は魔物側と考えるのが自然だ。その目的は戦争の再開。……少数種族で人間を襲ったところで、旧魔王軍が出張ってきて粛清する。だが、人間側から仕掛けてさせて、それを喧伝《けんでん》してまわれば、魔物たちの人間への不満が爆発するだろう。そうなれば、父さんですら止められない」

人間が魔物に手を出すことで和平が崩れ去るように、その逆もありえるのだが、それはあまりにもリスクが高い。

もし、魔物側が大戦の再開を望むなら、こうするだろう。

「それは、想像にすぎないのでは？　我らの中にそんなことをするものが」

「たしかに想像だ。だが、今の状況とこの術式を見れば、十分にありえる。これほどの術式を作れる奴が、たやすく人間に禁呪を奪われると考えるほうが不自然なんだ。……第一、クルリナなら、戦争をやりたい奴の気持ちがわかるだろう。人間が仕掛けてくると聞いたとき、おまえは何を考えた？」

「なんのことやら……いや、とぼけるのはよしましょう。私は人間が攻めてくると聞き、チャンスだと思いました。魔物の中でも、我らエルフは、特に狙われ、踏みにじられてきた。あの程度で終わらせて良かったのか、大戦が終わってから、なんどもそう考えた」

エルフの人間への怨《うら》みは根強い。

ほんの二、三十年前までは、人間の街の酒場では、エルフ狩りをして一攫千金《いっかくせんきん》なんて叫ぶ連中がそれなりにいたぐらいに、エルフは金のなる木に見られていた。

さすがに和平後、表だってそういうことを言う人間は減ったが、認識そのものはあまり変わっていないだろう。

「なんとか堪えてほしい。万が一進軍が止められなかったとき、どちらにも犠牲者を出さずに終わらせなければならない。血を流せば火種になる。クルリナの協力が必要だ。未《いま》だに怒りがくすぶっているのはわかる。それでも今の平和を大事にしたい。人間を殺せば、怒りは収まるかもしれない。だが、大戦になれば、おまえの娘が、その子が血で手を汚す。それだけじゃない、殺されるかもしれない」

クルリナの固く握りしめた手が解ける。

それから、ほんの少しだけ口の端が上がった。

「オルク殿は大きくなられた。体も心も……協力しましょう。血を流さない結末に向けて」

「よろしく頼む」

立ち上がり握手をした。

もし、進軍を阻止できなくともエルフたちの協力があればなんとでもできる。

あと、問題があるとすれば。

「……オルク殿、気付いていて、口にされなかったのは優しさですかな？　あの術式は、彼の」

「それは聞かないでくれ」

魔術士が術式を編むときには癖が出る。

魔術を極めたものほど、匂《にお》いが残る。

俺はあの術式を見たとき、一人の男を思い浮かべてしまった。

「もしも、それが当たっていたとき、どうするつもりですかな？」

「言っただろう。俺は誰一人犠牲者を出さずに終わらせると」

それは決定事項だ。

たとえ、それがどれだけ難しくとも。

「ふっ、いい男になられました。やはり、私の娘をもらってはいただけないですかな？」

「もし、その子が俺を心から好きになってくれたら考えよう」

俺たちは笑い合う。

そんなときだった、扉が乱暴に開かれる。

「見張りのものから連絡が。二十キロほど先に人間の大軍が来ています。数はおおよそ、千強」

エルフの村の人口は二百と少し、その五倍。エルフ側は女、子供、老人を入れてその数であることを考えると戦力差は比べものにならない。

しかも、敵は全員が魔術を使う魔術騎士。

真正面からぶつかれば勝ち目はない。

それに加えて、敵も味方も一人も死なせないというしばりがある。

普通なら、そんなもの夢物語。

なれど、その夢物語を為《な》してみよう。

そのために俺はここへ来た。

第十九話：悪役に凄惨な過去があるのは、そうでもないと世界を壊そうなんて思わないから

進軍速度がこちらの想定以上に速かった。

そして、三つの砦《とりで》から派遣された軍のうち、二つは進軍阻止作戦が成功し、撤退を開始していると判明している。

その情報をこれだけ早く知ることができたのは僥倖《ぎょうこう》だ。

それには理由がある。

俺が人間の襲撃を伝えてすぐに、クルリナが斥候を出していたからだ。

もちろん、それを考慮してなお、斥候が情報を集めるのが早すぎるし、正確すぎる。

それを為《な》し得たのは魔王軍が作り上げた情報網が今もまだ生きているからだ。

複数種族によって作られた監視網で、いくつもの中継点を用意してある。

せいぜい射程が十キロ程度しかない通信魔術をリレーのようにして使い、広範囲の情報を素早く正確に集めることが可能。

こういう面では人間たちより魔王軍のほうが数段進んでいる。……こんなものがあるのは、魔王直属四天王にマッド気味の魔術バカがいたおかげ。彼が高難易度だった通信魔術を誰でも使えるように簡易化したうえで、通信網の全体設計をした。

おそらく、世界で唯一、大賢者と魔術で渡り合える化け物だ。

その遺産のおかげで助かったが、現状を鑑《かんが》みると少々複雑な気分になる。

「二十キロか。魔力で強化した軍なら、二時間もあればここまでくるだろう」

軍隊の行進は遅い。

千を超える数で重い装備を担いで団体行動。戦うための余力を残さないといけない。

精鋭ぞろいの魔術騎士団でも、せいぜい時速十キロ出せれば御《おん》の字《じ》。

その二時間をどう使うかで、今後のすべてが決まる。

厳しいが、今すぐ動けば間に合う時間帯でもある。

「オルク殿、指示をお願いする。あなたに従いましょう」

「わかった。最初で最後の指示だ。この村のエルフ全員に告ぐ、村を捨ててくれ」

俺が考えうる最善手だが、エルフたちにとっては聞き入れがたいことを口にした。

「では、そのように」

その無茶振りに即応してくれる。

「悪いな、クルリナ」

「今のオルク殿を見ていると、魔王様を思い出す。私は、あなたに見た魔王様の面影に賭《か》けると決めたのですよ」

父さんに似ているか。

そんなことは初めて言われたが悪い気分じゃない。

◇

それから、二時間半が経《た》った。

俺とルリネは、樹上にある村長の家に隠れて地上を見ていた。

エルフの村にたどり着いた兵たちがエルフを探し回っているが誰も見つかってはいない。

それもそのはずだ。この村にはエルフは一人もいない。

エルフたちは、最低限の荷物だけ持って村を出た。

俺とクルリナの連名で助けを請う書状を持って、近隣の最強種族である鉄狼族の集落へ向かっている。魔王の息子と、魔王直属四天王の連名だ。無下にはされないだろう。

「エルフさんたち、ちゃんと逃げられますの？」

「大丈夫だ、森でエルフに追いつけるはずがない」

鉄狼族の村へいくには森を通らなければならない。

地の利はエルフにあり、老人や子供の足の遅さを補ってあまりある。

とはいえ、これで解決とはいかない。

エルフがいないことがわかれば、別の村を襲う危険性がある。ここで彼らを止めねばならないのだ。

そのために、俺とルリネはここに残った。

（そろそろ、頃合いか）

兵士たちの最後尾までもが村付近に集まっている。

このときを待っていた。

「行ってきますの、オルク兄様」

ルリネの出番だ。

ルリネは王族だ。その命令権は洗脳されているであろう軍司令に勝る。

彼女が命じれば兵士たちは従わねばならない。

理論上は、この暴挙は止まる。

だが……。

「気をつけろよ。彼らがここに来たということは、すでに彼らを止めるために出発した連中が失敗したってことだ。何かある」

そう、俺たちがやろうとしているのと同じ方法で進軍を止めようと三つのグループが城を出発した。

そして、二つのグループは成功したのに、ここだけは失敗している。

偶然なんてありえない、失敗した理由が必ず存在する。

「わかっていますの……初めから危険は承知。危険だから私が来たのです」

震えたまま、彼女はそう言った。

ルリネは英才教育を受けてきた、厳しい訓練に耐え抜いた、模擬戦も何度もやった。

俺からも見ても実力は十分ある。

だけど、致命的に実戦が足りない。

怖くないはずがない。

それでも彼女は行動する。

そんな彼女を愛《いと》おしく思う。

「いい女だ」

「やっと気付いてくれましたのね。行ってきますの」

ルリネが部屋から出ていき、太い幹の上に立つ。

俺は、彼女をサポートするため、風の精霊に力を借りて拡声魔術を発動。

そして、俺は俺の仕事に集中する。

「私はフォーランド王国、第三王女、ルリネ・フォーランド。我が名において命じますの。この蛮行を止《や》めなさい。人間と魔物の共存、数多《あまた》の血と涙の果てに成し遂げた奇跡を無駄にしてはなりませんの！」

拡声魔術で、このあたり一帯にルリネの声が響き渡る。

いい声だ。凛々《りり》しさと美しさが同居している。

カリスマという言葉がある。指導者にもっとも求められるものだ。

カリスマの正体は容姿と声が大部分を占める。

もって生まれた声と容姿、それらを活かす技術。ある程度ごまかしが利くとはいえ、後天的に努力するにも限度がある、生まれたときから持っているやつは持っているし、持ってないものにはどうしようもない力。

ひどい話だが、王族にはそういうものが第一に求められる。

ルリネは天から最上級の声と容姿を与えられていた。

彼女の声と姿は人の心を揺さぶる。

（命がけの仕事だ。兵士たちを止める役割は俺がやってやりたかった）

だが、俺の顔は兵士たちに知られていない。

他の王族のようにセレモニーやパレードで顔を広めていない。そう、俺はただ王族に名を連ねているだけで、書類の上の王族にしか過ぎず、民は俺のことなど知らない。

ルリネでないと、この仕事はできない。

兵士たちが村を探索する手を止めた。

兵士たちも、この凶行に疑問を持っていたのだろう。作戦を止められたことに怒りはせず、むしろ安堵《あんど》しているように見える。

だが、異変が始まった。

膨大な魔力が膨《ふく》れあがるのを感じ、そちらを凝視《ぎようし》すると、なにか得体《えたい》のしれない魔術が発動した。

波紋のように魔力で織られた波長が広がっていき、その波長に触れた兵士たちの目が血走っていく。

そして……。

「邪魔《じやま》する奴は殺せ！」

「弓を射ろ」

「石だ」

「魔術士隊、攻撃魔術を！」

「「「「殺せ、殺せ、殺せ、殺せ」」」」

殺せという言葉の大合唱と、弓と投石と魔術の洗礼。

「なっ、なんで、わかってくれたように見えましたのに」

ルリネはとっさに剣を抜き、攻撃の殆《ほとん》どを躱《かわ》しながら、躱しきれないものを剣で払う。

見事な腕前だ。

しかし足場が悪すぎる、足を滑らせて、樹上から落ちる。

その下では血走った兵士たちの群れが剣を抜き、ルリネを貫こうとしている。

「オルク兄様ああああああああああああああ！」

ルリネが絶叫する。

空中では身動きがとれない。ただ落ちるだけ、そんなルリネのもとに遠距離攻撃の第二陣が襲いかかる。あれは躱せない。

たとえ躱せたとしても地上に落ちれば無数の剣が彼女を蹂躙《じゅうりん》する。

ルリネの死は確定……俺がいなければだ。

「呼んだか、ルリネ？」

彼女を空中で抱きしめ、俺たちを中心にトルネードを巻き起こす。

風の精霊の力を借りて行う天災。

飛来する弓も石も魔術も吹き飛び、足元の雑魚《ざこ》どもを蹴散《けち》らす。

盛大に兵士たちがぶっ飛び、地面や木々に体を打ちつけられる。

一般人なら即死だが、重武装の魔力持ちなら怪我《けが》はしても死にはしない。

そういう加減をした。

「もう、遅いですの。怖かったです。あとで、慰めてくださいませ」

ぎゅっと、ルリネが抱きしめてくる。

「ああ、全部終わったらな。よくやった。ルリネのおかげで、黒幕を見つけられたよ」

俺がルリネに停止命令を出させたのには、もう一つ理由があった。

先の進軍停止作戦で動いた連中がなぜ失敗したかを突き止め、黒幕を特定するため。

進軍停止作戦が失敗したのであれば、高確率で黒幕が同行しているはず。

黒幕が彼なら、超一流の術者。全神経を集中しなければ見つけられなどしない。

ルリネが矢面《やおもて》に立ってくれたおかげで、俺は黒幕を見つけることに全神経を集中できたのだ。

(様子を見ていたからこそ、なぜ先行組が失敗したかわかった)

ルリネが停止命令をしたとき、ほとんどの兵士たちは安堵《あんど》し、手を止めた。

彼女を王族と認識し、その命令に従おうとしたのだ。

その後に、強力な魔術が発動した。

それこそが進軍が止まらなかった理由。即時発動かつ大人数への洗脳だ。

その魔術を使うために放出された莫大《ばくだい》な魔力、洗脳された兵士と、そうでない兵士の立ち位置から、魔術の発信源を特定、残滓《ざんし》を解析して術者を見抜いた。

「でも、ピンチなのは変わりませんの……軍の皆様が殺到してきますわ」

「俺にとってはこんなものピンチでもなんでもない。一直線に行く」

両手の精霊紋を解放。

ルリネを抱えたまま、トルネードのおかげで崩れた陣形の隙間《すきま》を、超高速かつ滑《なめ》らかな動きですり抜けていく。流水の動き。

そして、一人の男に触れた。

「おまえが黒幕だ。最悪の想定が当たってしまったな」

量産型のフルメイルを纏《まと》った男の頭を鷲摑《わしづか》みにした。

本来、時間がかかる洗脳、それを短時間かつ大人数に行えたからくりも読めている。

それは、極めて単純な命令を短時間実行させるというものだったから。
・エルフの村を襲え
・邪魔《じゃま》するものは殺せ
心を掌握するのではなく、その二つを強烈に意識の表層だけに焼き付ける、効果時間も数分程度というもの。

超一流の魔術士が一流以下の連中に行うという条件なら、大人数を操るのも不可能ではない。むろん、超難易度だが彼ならできてしまう。

魔王軍の情報網を作った、彼であれば。

魔王直属四天王が一人、金水晶族ハリル。

フルメイルの奥で、黄金の瞳が輝いた。

「バレてしまいましたか。でも、これからどうします？　黒幕の僕を追いやったところで兵たちは止まりませんよ」

涼やかな、好青年の声が響く。

「こうする」

爆風が吹き荒れ、俺、ルリネ、ハリルが宙を舞う。

その直後、エルフの村で爆音がいくつも響いた。

樹上の家々に仕掛けておいたガス袋が爆発したのだ。

このあたりの樹木には、睡眠薬に使える成分が含まれている。

それを魔術で抽出し、より強力になるよう配合し、ガスにして袋に封じ込める。

爆発したガス袋の中身は、空気より重いため足元にいる兵士たちのもとへ落ちてくる。

ぐっすり眠ってもらう。

短時間の洗脳は寝ている間に解けるという寸法だ。

俺とルリネ、黒幕は風に揉《も》まれながらにらみ合う。

「君に邪魔《じゃま》をされるとは。魔術を教えてあげた恩を忘れて、ひどい弟子もいたものですよ」

「感謝はしている。……それでも俺はハリルを止める」

風の後押しが消えて落下していく。

落下したのは広大な平原。見通しがよくなにもない。

魔王軍直属四天王と戦うのだ。その余波はとんでもないものになる。

村や街の近くでは戦えない。

◇

お互い、着地をして向き合う。

（禁呪を見たときから、ハリルの顔が浮かんでいた）

黒幕の正体は知人。

魔王直属四天王が一人、金水晶族のハリル。

その身を包んでいた鎧《よろい》が割れる。

鎧で隠されていたのは、二十代半ばの知的な美青年。

金水晶の名が示す通り、美しい金色の三つ目が特徴的な種族。

莫大《ばくだい》な魔力、優《すぐ》れた頭脳。魔術士としてはトップクラスの適性を持つ種族だ。

ハリルは魔王直属四天王最年少。当時十にも満たない年で大戦を戦い抜いた超天才。

彼でなければいいと思ったのは、知人だということもあるが、それ以上に彼があまりにも厄《やっ》介《かい》だからだ。

「してやられましたね。もう少しで和平を破り捨てて、大戦を再開できたのに」

「罪を認めるんだな」

「うーん、僕が大戦をまた始めようとしたのは認めますよ。でも、それを罪とは思ってはいない。人間なんて生き物は、滅ぼすべきです。すべての魔物のためにね」

激情に駆られている……そうであればまだ良かった。

だけど、彼は理知的に、確信をもってその答えを出してしまっている。

「何があったか、教えてくれないか」

「いいですよ。なんのことはない、君が追い詰めたあのファルタって王子がいますよね？　彼に恋人が攫《さら》われ、心臓を抉《えぐ》られたんです」

絶句する。

金水晶族、その名の由来は金水晶のごとき美しい三つ目だけじゃない。

その心臓が、まごうことなき黄金の水晶なのだ。

金水晶族の莫大《ばくだい》な魔力の源、魔道具としての価値は超一級。それだけでなく世界三大宝石に数えられるほど美しい。

貴族を中心にして、それこそ城一つ以上の値段で取引される。

金水晶族もエルフと同じく、人間に狙われ続けてきた種族。

「それは、本当なのか？　和平条約で、魔物に手を出すのは禁止されているはず。よりにもよって王子がルールを破るなんて」

「恋人の事故死を聞いてから、不審に思って調べてみました、彼の婚約者が世界で一番美しい宝石を欲しがった。だから、友好の証《あかし》としてフォーランド王国に移り住んでいた金水晶族を狙ったのです。山道の事故で馬車ごと崖《がけ》から転落して死体は発見できずってことにして、殺して、心臓を奪って婚約者にプレゼントしたんですよ」

ありえない……と言いかけてやめた。

商人なんてしているせいで欲の怖さを知っている。その程度、やる奴はいくらでもいる。

「僕、気付いちゃいました。和平なんてルールを作ったところで、そうやって平気で嘘をついて、僕らを食い物にする。人間ってそういう生き物なんです。なら、皆殺しにするしかないじゃないですか。どんな約束をしたって破られるんだから」

それは彼にとって真実だ。

魔王軍とフォーランド王国の間で、お互いに手を出さないとルールで定めていた。だというのに、平然とそのルールが破られた。

であれば、もはや和平など意味をなさない。

「ファルタ王子をそそのかして利用したのは、恋人を殺したあいつを破滅させるためなんだろう……なぜ、クルリナがいる村を襲わせた。親友だろう」

魔王直属四天王の中でも、最年長で面倒見がいいクルリナと最年少で子供だったハリルは特に仲が良かったはずだ。

「過去形ですよ。僕はね、親友のクルリナに、また大戦をしようって持ちかけたんです。エルフも僕らと同じぐらいひどい目に遭ってきました。エルフの不自然な行方不明って、和平のあともちょくちょくあるんですよ。なぜか、毎回奴隷として人間の街で売られているのが見つかる。あの和平に意味なんてない。人間の欲は止められない。彼もわかっている。だから、同志になってくれると思っていたんです」

「……クルリナは乗らなかったのか」

「はい。だから、ひどい目に遭ってもらおうかなーって。可愛《かわい》い娘が人間に売られて慰みものにされたら、目を覚まして一緒に戦ってくれるはずですから」

くすくすと、ハリルが笑う。

楽しそうに。

「それで、オルクくんは僕をどうする気ですか？　協力してもらえるとうれしいですけどね。君とは争いたくないな。弟みたいなものだし、強くて面倒だし」

「悪いが力にはなれない。君って拘束させてもらう。人間には引き渡さない。クルリナに預けるつもりだ。少し、頭を冷やしてくれ」

彼を一方的に裁く気にはなれない。

だから、人間には渡さない。

「へえ、そっか、そっか。わかってくれないですか。ふう、とても残念です」

「俺もだよ」

その言葉を受けて、ハリルが昏《くら》く笑う。目が笑っていない。絶望して、諦《あきら》めきった目で俺を見る。

「ねえ、オルクくんさ、教えてほしいんだ。僕たち魔物は、こっそりルールを破られて、大事な人を奪われているのに。白《しら》を切られて、和平のせいで殴《なぐ》り返せもしない。こんなクソルール、消えてしまえって思うの、間違っているんですか？　僕は殴られたら、殴り返せるようにしたいんですよ」

「そう思うなら、いきなり和平を壊すべきじゃない。ルールを改善するように動くべきだ」

「君がそういうこと言えるの、人間にひどい目に遭わされてないからですよ。可愛い恋人ができたって聞いてるよ。君も一度、可愛い恋人たちを人間の慰みものにされてみるといい。そしたら、僕の気持ちを理解できるだろうから」

ハリルの魔力が爆発的に高まる。

ここから先は言葉ではなく、拳《こぶし》と魔術で語り合う。

魔王軍最年少四天王の天才魔術士。魔術では大賢者にすら匹敵する傑物。

もてる手札すべてを切らなければ、瞬殺されて終わりだろう。

第二十話：王の資質と王の資格

クルルが俺のために鍛《きた》えた、真神託の剣を引き抜いて走る。

双精霊紋は既に全開。

出し惜しみできる相手じゃない。

ただし、数秒しかもたない封印解放は使い所を選ばなければならないため使わない。

魔術戦では彼には及ばない。

距離を詰めて、剣の距離で戦う以外の手はない。

そして、彼我《ひが》の距離は十メートル。

俺の縮地ならば、一歩で潰《つぶ》せる。

「最善手。でも、何万回も見ましたよ」

俺の剣が届くまで、〇・〇一四秒。

だというのに迎撃の魔術が間に合い、鉄槍が飛来する。

超一流、それすら飛び越えた基準で考えてなおありえない。

迎撃魔術がカウンターの様相を見せ、俺の速さ分、鉄槍の威力が増す。それがわかっていて突っ込む。

（彼ならそれぐらいすると信じていた）

最初から硬化術式を仕込んである。

刹那《せつな》の時間で魔力を着弾ポイントに集中させた。

凄《すさ》まじい衝撃を受けながらも剣を振り切る。

浅い。ハリルが魔力を爆発させて後退したからだ。

さらなる追撃をしようとするが、ダメージで足が止まり距離を取られる。

「無茶苦茶しますね。それ、痛くないんですか」

「死ぬほど痛い、だがそっちも痛いだろう」

魔王直属四天王の一撃、伊達《だて》じゃない。四本のうち二本が硬化を貫いて突き刺さっている。

その鉄槍を引き抜くと血が吹き出るが、自己治癒力《ちゆりよく》の強化で血を止める。

軽いダメージじゃない。

だが、こちらの剣も皮膚《ひふ》だけじゃなく肉を切った感触がある。

開幕は痛み分け。

「僕に傷を負わせたのは四人ですよ。……ちょっと舐《な》めてましたね。本気でいきましょう」

彼の手にカードの束があった。

カードには黄金色の模様が描かれている。

あれが、魔術の瞬間発動を可能にした技。

魔術を使う際、術式を組み上げて魔力を流すという工程が存在する。

だからこそ発動までに時間がかかる。

だが、あの瞬間、彼はその手順を踏んでいなかった。

カードを投げた瞬間に魔術が発動した。

（予《あらかじ》め術式を外部に刻んでおけば魔力を通すだけで魔術が発動できる、それはわかる）

その技術自体は珍しくはない。俺も、そういった魔道具をいくつか作っている。

だが、彼が使ったような複雑な術式の魔術を刻むのは不可能だし、そもそも外部に式を刻んだ場合、魔力を流し込む際にロスが出るし、時間もかかる。

そのため、普通に魔術を使うよりは速いけど、威力も精度も落ちる。その程度のもの。

だというのに……。

「ほらほらほら、どうしたんですか？　防戦一方ですよ」

ハリルのカードは瞬間発動かつ、精度・威力ともにまったく落ちていないチート。

爆炎が、土石流が、冷気の嵐が次々に襲い掛かってくる。

その全てが大魔術。

距離を詰めるどころか、致命傷を避けるだけで精一杯。

精霊紋の力を全開にしていなければとっくに死んでいる。この剣が真神託の剣でなければとっくに折れている。

俺とハリルの魔術における実力差を踏まえても、ここまで一方的に押されるのは異常事態。

大魔術の即時発動もそうだが、魔力総量も瞬間魔力総量も圧倒的すぎる。

(手品がある。じゃなきゃありえない)

相手は、魔王軍直属四天王とはいえ、あくまで魔物というカテゴリーにいる。

俺が今まで手も足も出なかったのは、【世界樹を喰らう魔蟲】や【禍津神《まがつかみ》】といった、存在の次元そのものが違う連中。

金水晶族の魔力量は圧倒的とは言っても、俺も魔王と勇者の子で規格外の潜在能力を持ち、大賢者をはじめとした英雄たちに英才教育を受けたうえ、双精霊紋でブーストとしている。

そんな俺を純粋な力の量で圧倒できるはずがない。

また、これだけの大魔術を大盤振る舞いして息切れしないのも不可解。

「いいところを見せてくださいよ。これで終わりですか？」

致命傷をぎりぎり避けているものの、完全には防ぎきれずほとんど瀕死《ひんし》だ。火傷《やけど》、裂傷、凍傷が広範囲にわたり、さらに左腕は折れているし、罅《ひび》は何箇所にも入っている。

満身創痍《まんしんそうい》。

自己治癒力《ちゆりょく》を強化しているが追いついてない。

剣の距離に持ち込むどころか、まったく距離を詰めることができない。

このままでは、あと二十七秒で詰み。

（いっそ距離が詰められないのなら）

全力で後ろに飛んでさらに距離を取った。

それも三十メートル以上も、完全に遠距離魔術戦の距離になる。

彼がもっとも得意とする距離。

こちらに攻め手はなく、一方的になぶられる単なる自殺行為。

なれど、活路はここにあると判断した。

「その距離で僕に勝てると思ってないですよね？」

「ああ。だが、この距離なら仕留められない自信はある」

距離をとれば、奴の魔術が着弾するまでの時間が延びる。術式を見て、対抗術式を組んだり、より効果的な防御、回避を行う余裕ができる。

また、先ほどまでの距離では術式構築速度の差で一方的にハリルだけが攻撃魔術を使えたが、この距離であれば俺も攻撃魔術を使える。

距離を詰められず攻撃に移れないなら、いっそ攻撃を諦《あきら》めて、守りに徹する。

持久戦狙いだ。

「それは自信ではなく、うぬぼれというのです。試してみましょうか！」

先と同じように、常識外の大魔術を連発してくる。

だが、躱《かわ》せるものは躱し、躱せないものは相性的に有利な対抗術式を作り出力差をごまかし防ぎ、ものによっては神すら斬る真神託の剣を用いて魔術を切り裂き防ぐ。

(思惑通り。この距離で防御だけにすべてを注げば回復が追いつく)

自己治癒力《ちゆりよく》強化が間に合ってくる。

こうして距離をとって、じっくりと観察できるようになって気付いた。

相手は超天才魔術士。だが、所詮《しょせん》は魔術士にしか過ぎない。

高度で強力な魔術を連続で使えるだけで武人ではないのだ。

呼吸を読み、外し、不意を打つ、そういう武の心得がなく単調。

逆にこちらはハリルの呼吸を摑《つか》んだ。

数手先まで予測でき、予測できれば対抗するための初動を速くできる。

わずか数瞬にも満たない初動の速さが圧倒的なアドバンテージを生む。

そして、その余裕が天才ハリルの手品を暴かせてくれた。

(そういうことか)

あれなら、カードに魔力を注ぐ時間もロスによる威力・精度の劣化もないわけだし、魔力ぎれにならないわけだ。

次々にハリルの大魔術をさばいていく。

「なぜ、これだけの大魔術を防げるんです」

ハリルに焦りが生まれた。

彼が大魔術を連発するための手品には限りがある。カードの束は有限。

「俺が強いからだ。……ハリル、もう止《や》めてくれ。それは軽々しく使っていいものじゃないだろう？」

ハリルの顔色が変わる。

俺が彼の手品を見抜いたことに気付いたからだ。

ハリルが大魔術の連発をやめた。

「なーんだ、わかっちゃったんですか？　そうですよ。僕は彼女とともに戦っています。彼女と一緒に、腐った世界を変えてみせる」

カードの束をポシェットに戻す。

「諦《あきら》めてくれたのか」

「諦めるものですか。ただ、中途半端な力では今のオルクくんが倒せないとは理解しました。……全力です。わかっていても防げない攻撃をしましょう」

胸ポケットから大型のカードを取り出す。

描かれた黄金の模様はより、複雑で長大。強力な術式であるのは明確。

そして、彼の場合は、大きさがそのまま込められた魔力量の大きさにも匹敵する。

「楽しかったですよ。さようなら。我が奥義《おうぎ》をしかと見よ【黄金太陽《アリアハイト》】」

微笑《ほほえ》みと共にそれが放たれた。

黄金の太陽、金水晶の輝き。

炎熱系じゃない、触れる物すべてを分解してしまう術式。

彼だけにしか使えない超魔術。

躱《かわ》すのは間に合わない。

オリハルコンで鍛《きた》えられた真神託の剣ですら触れれば分解されてしまう。

一見、詰みに見える。

だが、彼は二つのミスを犯した。

そのミスが、俺の勝機を生み出す。

俺は、片手平突きの構えを取った。

「【第一段階解放《ファーストリミットリリース》】」

今の力で詰みなら、さらに力を注ぐ。

三段階の封印、その第一段階を解除し、封印されたエヴォル・オークの力、その二割を引き出す。

黄金の太陽に挑むにはこれでもまだ足りない。

毎日、強大な敵が現れても愛《いと》しい女を守るため、封印された力をうまく使う方法を模索し、訓練を続けてきた。

そうして会得《えとく》した技を今ここで解き放つ。

「【疑似第二段階解放《セカンドリミットリリース・イミテート》】」

それこそが【疑似第二段階解放】だ。

第一段階解放で溢《あふ》れ出した力が、一瞬に圧縮される。

本来八秒の制限時間が、コンマ数秒になってしまう。

それだけの代償を払うことで、百パーセント制御可能な【第一段階解放】で【第二段階解放】にも匹敵する力を出せる。

一瞬だけの安定性と威力の両立。

コンマ数秒あれば十分。

片手平突きの構えから突進。

まっすぐに黄金の太陽に突っ込む。

(勝負だ！)

天才ハリルの犯したミスの一つ目。

それは手に持ったカードの束からではなく胸ポケットから切り札を出したこと。特別なカードだとネタばらしをしているようなものだ。

だからこそ、俺は出したその瞬間から注意を向けていた。

描かれている模様から魔術発動前に術式を予測し、対抗術式を準備することができた。

あれだけ太陽にカードを使ってくれたんだ。今まで使われたカードの模様と術式の相関などとうに見えている。

ミスの二つ目。

カードの使いすぎ。

おかげで模様と術式の相関以外にも、カードの秘密そのものに気付けた。

カードの瞬間発動、威力・制御の高さ。まったく息切れしなかったこと。

それらは、カードに魔力を込める手間を省いているからこそ可能だった。

カードサイズにあんな莫大《ばくだい》な魔力を込めるなんて不可能だという先入観のせいで気付くのが遅れた。

その不可能を為《な》したのは、金水晶族の心臓、黄金の水晶。

莫大な魔力が込められた黄金の水晶をインクに加工して模様を描いていたのだ。

おそらくは、ファルタ王子から取り戻した恋人の心臓。

彼はずっと恋人と共に戦っていた。それに気付いた以上、使われている金のインクの量から込められた魔力量を予測できる。

術式が見え、威力も予測できていたからこそ、突っ込んでいける。

もし、初手で黄金の太陽を放たれていれば為すすべもなく分解されていただろう。

「貫く」

エヴォル・オークの血が解放されたことですべてのスペックが跳ね上がる。

エヴォル・オークの血に刻まれた数多《あまた》の種族たちの特性《つよさ》が顕現する。

体は加速し、超感覚は世界を感じ取り、魔眼は見えざるものすら見通す。

天才の組み上げた完璧とも思える魔術のわずかな、ほんのわずかな綻《ほころ》びが見えた。

対抗術式を紡ぐ速さは光のよう。

真神託の剣、その先端に対抗術式を纏《まと》わせ、黄金太陽のわずかな綻び、その一点を平突きで貫いた。

黄金の太陽の術式が破綻《はたん》し霧散していく。

突進の勢いは衰えない。

黄金の太陽の輝きは、天才ハリルの目をも眩《くら》ませた。物理的にも心情的にも。

だから、俺が黄金の太陽を貫いたことに気付くのが遅れ、カードを使ってもなお、間に合わない距離への侵入を許す。

殺さないよう平突きを強引に外しつつ、すれ違いざま掌底《しょうてい》を腹に叩《たた》き込む。

彼の体がくの字に曲がり、血を吐いた。

「ぐはっ、うっ、うそです。僕の、最高の魔術が、彼女と、いっしょに戦っている、ぼくが、負けるはずが」

「……悪いな、俺も一人で戦っていたわけじゃない。条件は同じだ」

ティータとクルル、離れていても心は一つ。

彼女たちがくれた力で、彼女たちのために鍛《きた》えた力で、俺は勝利を摑《つか》んだ。

剣を鞘《さや》に収める。

ただ、これで終わりじゃない。問題はまだ残っている。

ふう、これでなんとかハリルを止めた。

そこまでだった。失神したハリルを抱きとめる。

「ふざけ」

◇

ハリルを木に縛り付けて、危ないので彼の術式が刻まれたカードをすべて没収しておく。さらに魔術を使えないように、魔力を分散させる拘束具を首に嵌《は》めておいた。

超一流の魔術士なら、その状態でも魔術が使えるが、使えるだけで術式構築速度も威力も精度もガタ落ちになる。

仮に起きて、逃げようとしても対処可能だ。

拘束が終わると、ルリネが駆け寄ってきた。

「オルク兄様、すごいすごいすごいですの！　こんなの初めて見ました。まるで、物語の中の英雄、それ以上ですの！　蒼雷《そうらい》の勇者ミレーユ様だって、こんなの無理ですの」

凄《すさ》まじく興奮した様子で抱きついてくる。

ティータやクルルと違って本格的に剣の修行を受けているため、俺の規格外っぷりが正しくわかるようだ。

ちょっとくすぐったい。

「まあ、その、なんだ。お兄ちゃんはすごいだろう？」

「はいっ。好きだったのに、もっと好きになりましたの！　オルク兄様と出会ってから、たった数日ですけど、オルク兄様はいっつもかっこよくて、かしこくて、優しくて、正しくて、ルリネはもう、オルク兄様のこと以外考えられなくなりそうです」

「褒《ほ》めすぎだ」

「いいえ、足りないぐらいですの。やっぱり、オルク兄様が王になるべきです。資格がないなんて、嘘ですの」

「嘘じゃない。ルリネには俺の欠点が見えてないだけだ」

「えええぇ、こんなにオルク兄様は素敵ですのに。ルリネ、オルク兄様のこと大好きですの！」

その気持ちは嬉《うれ》しい。

だけど、より憧れと好きの混同が激しくなってしまっている。

なんとかしたいが、いい手が浮かばない。

いい手がないかと唸《うな》っていると、強烈な悪寒《おかん》を感じてルリネを突き飛ばす。

「きゃっ」

ルリネが悲鳴を上げるのを横目に剣を抜いて駆ける。

「ハリル、間に合うと思っているのか！」

ハリルが起きて、魔術を組み上げていた。

失神からの復帰が早すぎる。完璧に失神していたはずなのに……まさか、奥歯に失神していると見せかけるための薬でも仕込んでいたのか。

だが、幸いなことに拘束具が魔術を阻害している。

いつものハリルなら、とっくに術式を編み上げているだろうが、まだ半分も進んでいない。

組み上げている術式は転移、超高難易度魔術の一つだ。彼でなければ拘束具をつけたままの行使など検討すらしないだろう。

どれだけ油断していようが、そんな魔術を組もうとすれば気付くし、発動までに必ず止められる。

「間に合いますよ。だって、オルククくんは優しいですから」

ハリルがペロッと舌を出すと、そこには腹の中に隠していたカードがあった。極小のため、簡単な術式しか刻めず、さきほどまでのカードより数段劣《おと》る。

あれは光学系の攻撃術式。

俺を狙っているのなら、躱《かわ》せる。

だけど、狙いは俺じゃない。

まずい。

「ルリネっ！」

光がルリネを貫いた。

光学系の瞬間発動だ。ルリネの腕では躱《かわ》すのは不可能。

血を噴き出しながら、ルリネが崩れ落ちていく。

一瞬で容態を把握《はあく》する。

今なら、今すぐなら完璧な治療ができる。

五秒治療開始が遅れれば障害が残るかもしれない。

十秒遅れれば助からないかもしれない。

三十秒遅れれば手遅れだ。

ハリルを見る、転移魔術の完成が刻々と近づいていた。

抵抗するハリルを無力化するのに十二秒はかかるだろう。

ルリネのもとへ駆け寄れば転移魔術は完成しハリルは逃げる。そして、また大戦を引き起こすために暗躍する。今度は止められないかもしれない。

二者択一、これは偶然じゃない。ハリルは意図的にこの状況を作った。ルリネを殺そうと思えば殺せたはずだ。

悩んだのは一瞬だけだった。……ルリネを助けると選択する。

彼女が倒れる前に抱きとめて、精霊の力を借りながら治療していく。

「安心しろ、この程度なら治る」

「どっ、どう、して？」

ルリネが真っ青な顔でつぶやいたのは、助けた礼でもなく、守れなかった恨みでもなく。どうしてという疑問。

どうして、私を助けることを選んだのかと問いかけた。

さすが、賢王ヴァレオのお気に入りだ。

俺が間違ったことに気付いている。

「ああ、やっぱりこうすると思ったんですよ。オルクくんは優しいですから」

転移魔術はあと数秒で完成する。

ルリネの治療から手を離せない。

もはや、俺に彼は止められない。

そう、俺には。

「また、会いましょう。さよな、えっ、あああああああああ」

痛みでハリルが絶叫する。

彼が止めてくれると信じていた。

遥《はる》か彼方《かなた》から、一本の矢が飛来したのだ。

急所を外した一撃、殺してはないが激痛で繊細で複雑な転移術式は乱れ、霧散する。

大したものだ。

世界一の狙撃手。その腕はまったく衰えていない。

「まっ、まさか、クルリナが、僕を。クルリナが潜んでいるのを、知っていて、あの子のもとへ行ったのですか？」

「知らなかった。だけど、クルリナならそうすると期待はしていた」

「クルリナァァァァァァ！　なんで、親友なのに！　同じ痛みを持っているのに、僕の邪魔《じゃま》をおおおおおおお！」

その言葉を最後に、ハリルが気絶した。

俺は大きく息を吐いて、それからルリネの治療に集中した。

エピローグ：オークさんは妹姫と結ばれる

それからの後処理が大変だった。

ルリネをしっかりと治療してからエルフの村に戻った。

エルフの村に戻ってからは眠っている連中を一纏《ひとまと》めにして、その中で洗脳魔術を食らっている連中を選《え》り分けて解呪。

目が覚めたら、ルリネと共に何があったかを身分の高い数人に説明した。

その後はエルフのみんなを呼び戻して、ルリネが先頭に立って謝罪する。

魔物のハリルが黒幕だったこともあり、エルフたちもあまり強くは責めてこなかった。

俺はハリルがなぜそんなことをしたのかを説明している。

エルフたちは、彼に深く同情し、人間への悪感情を深めてしまった。そのことを予測していたにもかかわらず、言わないではいられなかった。

俺とルリネは、必ず第一王子ファリタを金水晶族の心臓を奪った罪で裁くと約束した。

たとえ王子であろうと、和平を破れば罪になる。いい見せしめになるだろう。

そして、ハリルは治療と封印術式を受け、魔術が使えない状態で搬送された。

彼の処遇は、魔王が不在のため、魔王直属四天王筆頭が決めることになっている。

そんな後処理を終えるのに三日かかった。

なんとか城に戻り、報告を終えたときにはくたくたで、つもる話は翌日しようと言ってルリネと別れた。

◇

翌日、俺の部屋にはティータとクルルが戻ってきていた。

昨日のうちに、セーフハウスに迎えに行き、何があったのかすべて説明している。

「ふうん、大変だったんだね」

「というか、今回、ぜんぜんオルクさんらしくないですよ。なんですか、このシリアス展開の連続、真面目に活躍しすぎですよ。ふつうに英雄じゃないですか」

「そうだよね、かっこ悪いところとかぜんぜんなくて、ほんとうに英雄譚《えいゆうたん》の一幕みたい」

二人が尊敬の眼差《まなざ》しを向けてくる。

言えない、エルフの村へ行く道中に、ルリネにエッチないたずらをしたり、手コキをしてもらったことは。

あのことは秘密にしておこう。

「……いや、一応言っておくが、おまえたちも関わった、【世界樹を喰らう魔蟲】の事件も、【禍《まが》津神《つかみ》】の事件も、華々しく活躍していたからな？　間違いなく英雄の働きだ」

「言われてみれば」

「行動だけ見れば英雄ですね。……その合間合間で、激しいセクハラと、しつこい求愛を受けていたせいで、不思議とそう見えませんでしたが」

「あっ、私もそんな感じだよ」

「ひどい言いようだな」

否定できないのが悔しい。

だけど二人は、そんなふうに言いつつ、楽しそうに懐かしんでいるので、まあ彼女たちもまんざらじゃなかったんだろう。

これからもセクハラしまくってやるぜ。

「それで、ずっと一緒に行動してたルリネとはどうなったのかな？」

「あっ、それ私も気になります」

「それなんだが……」

どう言えばいいのか。

たしかに好きになってもらったけど、あれは憧れ的なもので、まだ抱く気にはなれない。

そして、最後の最後にその憧れは消えた。

まあ、いいか。全部正直に話すとしようか。

口を開いたその時、ノックの音が聞こえた。

「入りますの。オルク兄様、大事な話がありますの」

ルリネだ。

なんてタイミング。ちょうどいい、俺も話したいことがあったところだ。

◇

ルリネが俺の正面に座り、ティータとクルルは興味津々《きょうみしんしん》で、俺たちを見ていた。

「答えてください。ハリルを捕らえるか、私を助けるかの二択。オルク兄様は迷わず私を助けてくださいました。クルリナ様がいてくださらなければ、ハリルに逃げられていました。……あれは、クルリナ様がいるとわかっていて、ああしたのですの？　ハリルを捕まえられて、私も助けられるって確信があったから」

やはり、それを聞くだろうな。

「五分五分だった。クルリナは長だ、エルフのみんなを無事に鉄狼族の集落に届ける必要がある。娘もいるし、心情的にも共に行きたかっただろう。そんな彼に、俺のサポートをしろなんて言えなかった。でも、クルリナなら、それでも来てくれて、潜み、必殺の一矢を放つ最高のタイミングを計っていると期待していた」

あいつが本気で潜んだら俺でも見つけられない。

彼がいたという確信は、矢が飛んでくるまで得られなかった。

「確信がないのに私を選びましたの？　もし、ハリルを逃していたら、何十万人もの血が流れるかもしれない。私の代わりなんていくらでもいますのに！」

俺を含めて王族は複数人いる。

ルリネが死んだところでこの国は揺るがない。

しかし、ハリルが逃げ延びればまた大戦を引き起こそうとしただろうし、彼なら成し遂げてしまう可能性は十分にあった。

「その通りだ。ルリネの言う通り、王族としてなら、あそこはルリネを見殺しにするべきだ。クルリナがいてくれたのは結果論に過ぎない。そんなことはわかっていて、俺はああした。後悔はしていないし、同じような場面がくれば同じ決断をする」

ルリネがぎゅっとスカートを握り込んだ。

「……やっと、わかりましたの。オルク兄様が王の資質があっても、王の資格がないって言っていた意味が」

「ちゃんとルリネの言葉で答えてくれ。宿題なんだ。俺が答えを言うわけにはいかない」

ちょうど良かった。

これで、ルリネの憧れは消える。

ルリネが俺に憧れたのは、俺が大活躍していた、規格外の力を見せてきた、それもあるが間違わなかったから。

王族として正しい答えを選び続けた、その姿に憧れた。

でも俺は致命的なミスを犯した。

何十万人もの命が失われるかもしれない決断をした。

もう、憧れという幻想が消えただろう。

「オルク兄様は、命に重みを付けてしまう。どんな状況でも、何十万人の命が天秤《てんびん》にかけられていても、ティータ様やクルル様、そして私。好きな女性を選んでしまう。そんな人が王になってはいけませんの」

「正解だ。俺は愛する女を幸せにしたい。誰よりもだ。むろん、それなりに良識も常識もある。その他大勢が死んで悲しまないわけじゃない。……でも、どちらかを選べと言われたら、好きな女を取るよ。俺はそういう男だ」

王は公平な天秤がなければ、務めを果たせない。

こんな男が王になっていいはずがない。

そして、俺はこの生き方を変えるつもりもないのだ。

「オルク兄様は王失格ですの」

「その通りだ。俺には王の資質はあっても、王の資格はない。話はそれで済んだか？」

ルリネはいい子だった。

本気で惚《ほ》れたし、ほしいと思った。

でも、彼女は王族として正しい価値観を持っている。

俺を受け入れることはないだろう。

「まだ話は終わっておりませんの。言っておきたいことがあります。私が次の王になりますの」

「ああ、ルリネならうまくやれるさ」

俺は明日には城を出る。昨日のうちに俺がルリネを次期国王に推薦する旨とサポートを行う旨をムーランに伝え、書状も用意していた。

彼女を目にかけている賢王ヴァレオも戻ってくるし、俺とルリネ、二人分の功績があれば、彼女は次の王になれるだろう。

俺がいなくとも、ここでうまくやっている。

さよならを言わないと。

いや、俺が言わずともルリネが切り出してくれるだろう。

ルリネの口が開く。

さあ、別れの言葉を受け入れよう。

「私は王になりますの。そんな私をオルク兄様は、ずっと手伝ってくれないとダメですの。私のものになってくださいませ……その代わり、私をオルク兄様にあげますの。私の体も、心も、純潔も」

あまりにも予想外なセリフが飛び出したせいで、しばらくフリーズしてしまった。

「あれぇ？　そういう流れだったっけ？」

どう別れを切り出されるかと思っていたら、完全に真逆。

いったい、どうなっているんだ。

「うん？　合っていると思いますの。だって、ちゃんと宿題を解いたのですから、ルリネを愛してください。そういう約束ですの」

うっとりした乙女の顔で頰《ほお》を赤らめ、首を傾《かし》げて見せる。

「あの、俺のことを見損なったんじゃ」

「いえ、ぜんぜん。王にするとまずいとは思いますけど、オルク兄様はとっても強くて、優秀で、かっこよくて、優しくて、理想の男性ですの！　私が王になるのですから、別に王様にしたらどうこうって関係ない。補佐としても夫としても最強ですの！」

「ああ、うん。なんか、そんな気がしてきた。そういうものか」

「そういうものですの。では、寝室に行きましょう。さすがに、ティータ様やクルル様に愛し合っている姿を見られたり、聞かれたりするのは恥ずかしいので、私の寝室を使ってくださいませ」

「いや、ちょっと待ってくれ。俺のことを愛するとか言ったけど、ルリネはちゃんと俺と愛し合っても正しく王をやれるのか。ほら、何十万人の命と俺を天秤《てんびん》にかけるって奴」

「大丈夫ですの。私は正しく選びます。天秤にかけなきゃいけないときは何十万人もの民を優先します。でも、オルク兄様は勝手に自分でなんとかしてくれますので気軽に切り捨てられますし、後で拾いに行けますの」

「めちゃくちゃだな、おいっ！」

いや、たしかに俺はフォーランド王国に切り捨てられようが、勝手に愛する女と共に生き残る道を見つけ出すけど。

「でも、理屈はあっていますの。オルク兄様はとってもとっても優秀で強くてかしこい。なにより、優しいから、切り捨てられてもルリネの判断をちゃんと理解してくれますの」

「……まあ、それは、そうだが」

「ね？　問題ないですの！　だから、愛してくださいませ」

頭を整理しよう。

まず、俺が王の器ではないと理解してくれた。

次に、俺も間違える普通の人間だと気付いて憧れは消えた。

そして、それでも俺が好きで抱いて欲しいと思っている。

さらにさらに、今も念入りにオーク・パワーを封印中で、発情したから抱いて欲しいと言っているわけではない。

つまりこれは当初の予定どおり、憧れと恋の混同でも、オーク・パワーでの発情でもない、トゥルーラブ、真実の愛では？

「今夜は寝かせないよ」

俺は決め顔でそう言った。

「はいっ、朝までルリネを可愛《かわい》がってくださいませ！」

よし、俺のハーレムに妹姫が加わった！

「ちょっ、ちょっと待って、ねえ、ルリネ。一つ忘れているけど、オルクって、ハーレムづくりに夢中なんだよ。もう私とクルルをお嫁にして、まだ増やそうとしている人なんだよ」

「自分だけを愛してもらえるわけじゃないんです。そういうの、ちゃんと考えましたか。その、私たち、結構、そこで悩みました。ルリネさん、そこに関して、今まで完全にスルーしていましたよね！」

先輩たちからのありがたいアドバイス。

そう言えば、いつものハーレムを認める認めない論争が、ルリネのときはまったくなかったな。

他にいろいろとありすぎて失念していた。

「それ、悩むところですの？　高貴な血筋の男性が、妻をたくさんもらって確実に血を残すのって、極めて普通のことでは？」

「えっ、貴族ってそうなの？」

「そんな話、聞いたことがあります。ましてやオルクさんは王族。あれ、もしかしてハーレムって全然おかしくないんですか？」

クルルの目がぐるぐる回っている。

クルルは混乱しているって、メッセージが出てそうな勢いだ。

「私は私をちゃんと愛して、子供を仕込んでくだされば、他にいくら女性がいても気になりませんの。でも、今晩は独り占めさせていただきますのであしからず」

ほとんど引きずられる勢いでルリネの部屋に連行される。

まだ、混乱が解けていないティータとクルルは置き去りだ。

ハーレムは人によってはまったく気にならない。また一つ賢くなったぜ。

◇

ルリネの部屋は、さすがお姫様だけあってメルヘンチックで巨大なベッドが鎮座している。

「オルク兄様、服を脱いで、仰向けになってくださいな。今日はルリネにすべておまかせくださいませ。気持ちよくして差し上げますの」

言われるがままに全裸で、メルヘンベッドに横になる。

ふむふむ、今日はルリネがエスコートしてくれるのか。

基本的にティータやクルル相手だと、俺が主導的に動くので新鮮だ。

しかも、それが妹姫だというのだからギャップで萌える。

おかげで、アル〇ギアが戦闘状態になってしまったよ。

ルリネは俺の上に跨《また》がり、器用にドレスを脱いでいく。

なるほど、このドレスはそういう設計か。脱ぎやすく、扇情的に脱げる。こういう演出って好き。

ルリネの膨《ふく》らみかけの胸を包む下着は以前と同じで妖艶《ようえん》なもの。

前回とはデザインが違うようだ。勝負下着を複数所持なんて、さすがはロイヤル。

そして、そんな下着をちょっとずつずらしていく。

さくらんぼ色の可愛《かわい》らしい乳首が見える。すごく吸い付きたい。

俺の手を握り、ルリネの胸に押し当ててくる。ぎりぎりBぐらいの小ささ、まだ芯が残っているがちゃんと柔らかい少女の胸。ティータやクルルのような満足感はない。でも、これはこれで、いとおかし（大変趣《おもむき》がある様子）。

「オルク兄様、ルリネの心臓がどきどきしているの、わかりますの？」

「ああ、わかる。興奮してくれているんだな」

「ええ、とっても」

そう微笑《ほほえ》んで、俺の手を離し、サイドテーブルから瓶《びん》を手に取る。

「ちょっと冷たいですけど、我慢してくださいませ」

ルリネが取り出した瓶から、どろっとしたものが出てくる。

まさか、あれは!?

「んっ」

「あら、オルク兄様、女の子みたいな声を出して、可愛《かわい》らしいですの」

確信した、ルリネはSだ。真っ先に乳首に垂らしやがった。

ひんやりして、どろっとした感触。

間違いない、こいつはローション。まさか、異世界にもあったとは。

ルリネがローションを薄く伸ばしていく。

それから、自らの体を重ねて、体全体で引き伸ばしていく。

少女の体の感触、ローション特有のヌルヌル感、そしてぶつかる乳首同士。

これはいいものです。

「んっ、どうですの、ルリネは乳首がすれるたび感じてしまいますの」

さきほどから、ルリネの喘《あえ》ぎ声がやばい、耳でも楽しめている。

「俺も気持ちいいよ。全身でルリネを楽しめて満足だ」

「ふふふ、まだまだこれからですの」

ルリネの人形のように小さくて可愛い顔が近づいてきて、キスをする。

激しく舌を絡《から》めてくる。

なんて、テクニシャン。いっぱい練習をしたんだなと伝わってくる。

口の中には性感帯がある、そこを俺の反応からしっかりと探り当てて、的確に攻めてくる。気持ちいい。息子が大きくなっていく。

そこに柔らかい感触が。ルリネがローションをたっぷりつけた手で、愛撫《あいぶ》している。ルリネの手は白魚のようで可憐《かれん》だ。そんな手が醜《みにく》い俺のを……ごくりっ。

(うまいな)

強すぎず、弱すぎず絶妙。単純作業じゃなく、強弱をつけて、弱いところを探りながらの手淫《しゅいん》。刺激が変わって、慣れない、これはやばい。

妹に一方的にいかされるなんて兄としての威厳が。

ルリネが小悪魔じみた目になる。

そして、フリーな左手で乳首をつねる。まったくの想定外の刺激に、ついに兄の威厳で必死に堪えていたものが暴発……はしなかった。いく直前、ルリネが思いっきり、俺のオークさんの根本を握ったのだ。

やっぱり、ドSだ！

ディープキスをやめて、俺の口から舌を引き抜き、体を起こす。

「ダメですの、勝手に出したら。オルク兄様のは、ちゃんとルリネの中に出していただきませんと」

とても挑発的な目だ。ぐっと来るものがある。

そんな目で見下ろしつつ、ルリネの手が自らの秘部へと伸びる、いつの間にか下着から片足が抜けて半脱ぎになっていた。

俺、下着は全脱ぎより半脱ぎのほうがエロいと思う。

そして、その手であそこを広げる。

これが伝説のくぱぁ。ごくりっ、初めて見た。

「綺麗な色だ」

「これが今から、オルク兄様専用になりますの。挿《い》れてさしあげますから、ルリネの中で思うぞんぶん果ててくださいませ」

「前戯《ぜんぎ》はいいのか、やってもらってばかりだろ？　初めてだし、ちゃんとしないと痛いぞ」

「ちゃんと見てくださいませ、オルク兄様にご奉仕しているだけで、ルリネのここは、びしょびょですの」

たしかに！　ルリネのそこはしっかり濡れており、受け入れ準備が整っている。

ルリネが俺のものに手をあて、ゆっくりと腰をおろしていく。

触れた瞬間、ルリネの熱さを愛《いと》おしく思えた。少しずつ少しずつ、入っていく。

かなりきつい、やはりルリネはまだ幼い。

あそこは、たっぷり濡れているし、俺のオークさんにローションをたっぷり塗っているのに、うまく入っていかない。

無理に挿入しようとして余計に力んで固くなっているのもあるだろう。

俺もさすがにきつすぎてあまり気持ちよくないし、このままじゃルリネの体によくない。

ルリネのクリトリスを指で弾《はじ》く。

「ひゃんっ」

ルリネが可愛《かわい》らしい悲鳴をあげて力が抜けて、一気に半分ほど入った。

「だめですの、今日はルリネがリードするって言ったのに」

「見てられなくてな。力を抜け。じゃないと苦しいだけだ」

「ううう っ、オルク兄様にいいところを見せたかったですのにぃ」

恨めしそうな顔で見てくる。

そこがまた可愛い。

さっきより力が抜けているが、まだ力んでいる。初めてだから仕方ないのだろう。

こっそりルリネをサポートしよう。

封印を解除……ではなく、ほんの少し緩めて力を取り出す。

できるだけ、オーク・パワーを使いたくないが緊急事態。発情フェロモンが出て、さらに俺の体液に媚薬《びやく》成分が混ざる。

「あれ、急に気持ちよく、これなら、んっ、いけっ、ますの、オルク兄様の、大きいの、最後まで、ルリネが、受け入れて、んんっ」

がんばれ、がんばれと心のなかで励ます。

そして……。

「見てくださいませ、オルク兄様の、全部、ルリネの中に入りましたの」

ルリネの小さな体に俺のが包まれた。

どこか背徳感がある光景だ。

そして、ルリネのそこからは血が溢《あふ》れていた、純潔の証《あかし》。

ルリネの目元から涙が流れる。痛みと喜びが半々だ。

「偉いぞ、ルリネ」

ルリネの頭を撫《な》でてやる。

「えへへ、頑張りましたの……少し、休憩したら、ご奉仕しますの。少し、オルク兄様の形に慣れさせてくださいませ」

「ああ、そうしてくれ」

「それから、待っている間、キスしたいですの。オルク兄様とのキス、好きになりました」

「いいよ」

再び口づけをする。今度は舌を挿《い》れない、唇を合わせるだけ。

性的な快楽はない。でも、こういうキスは心が温かくなる気がする。

そんなキスをしたあと、ルリネがちょっと腰を浮かせた。

「これなら、いけそうですの。あんっ、んっ、どう、ですの？　ルリネ、ちゃんと、んっ、オルク兄様を、気持ちよく、させて、あげられてますの？」

ルリネがゆっくりと腰を上下にさせる。

「ああ、とても気持ちいいよ」

本音を言うと、これだけゆっくりだと物足りない。

でも、俺にまたがって腰を振るルリネを見るのはとても興奮するし、一生懸命なルリネがただの刺激以上の気持ちよさを与えてくれる。

「はあはあ、これ、すごいですの、気持ちいい、一人でするときより、ずっと、ずっと、暖かくて、きゅんってなって、こんなの知ったら、もう、オルク兄様、んっ、オルク兄様がいないと生きて、いけないですの」

「安心してくれ、俺のものになるなら、手放さない」

「あんっ、うれしい、ですの」

どんどんペースが上がっていく。

心の気持ちよさだけじゃなく、体の気持ちよさもましていく。

きついばかりだったルリネの中がほぐれてきて、この子のも名器だと気付かされる。さすがはロイヤル。

「はあ、あっ、んっ、ルリネ、もう、限界ですの。オルク兄様ぁ、ルリネ、来ちゃいます、来ちゃいますの」

「俺もう少しでいけそうだ。だから、もうちょっと我慢してくれ」

「むりっ、無理ですの、もっ、もう」

ルリネがびくんとなったのが、膣越《ちつ》しに伝わってくる。

必死に我慢しようとしているのに、腰の動きが早くなるのが、おかしくて可愛《かわい》い。

「できるさ、ルリネは頑張れる」

「うんっ、ルリネ、がんばっ、り、あっ、んんっ、あああん、あんっ、ん、ううぅっ」

本当に限界が近そうだ。

俺のほうもそろそろいけそうだ。

「もう、いいよ」

「あっ、いきます、ルリネ、いきますの、あっ、あんっ、ああんっあんっ、んっ、んんんんんんん」

ルリネが絶頂して、膣内が激しく収縮し、それがきっかけとなって、俺も思いっきり精を吐き出した。

ルリネはのけぞったあと、倒れてきて、繋《つな》がったまま俺に折り重なる。

すごい量を出したせいか、繋がったままなのに精液がこぼれてしまう。

「はあはあ、オルク兄様はルリネで気持ちよくなれましたの？」

「ああ、とても気持ちよかった」

「ティータ様や、クルル様より」

「それはノーコメントで」

「もう、そういうときは嘘でも、ルリネが一番って言ってほしいですの」

「その、あれだ。いくらでもルリネを褒《ほ》めてやれる。でも、ティータやクルルをないがしろにしたり、下げるようなことは言えない。逆に、ティータやクルルにルリネのことをそう言えない。俺はみんな愛しているんだ」

「ずるいですの、でも、そういうところも好きですの」

ルリネがまた、触れるだけのキスをする。

どうやら、彼女はこっちのほうが好きなようだ。

「あれ、おかしいですの、ものすごい量出したのに、入れっぱなしのが、また、大きく」

「俺は一発じゃ、ぜんぜん足りないからな」

オークは絶倫なのだ。

「ううう、でも、ルリネ、腰が抜けちゃって、もうご奉仕できませんの」

「そうか、セックス自体はやりたいか？　あそこがひりひりしたり、辛《つら》かったりしないか」

「……その、ルリネはエッチな子みたいで、腰は抜けちゃったけど、まだまだ、切ないですの」

そうか、初めてをしたばかりでそれとは。ルリネには才能がある。

「きゃっ、なっ、なんですの」

俺は繋《つな》がったままルリネを抱えて立ち上がる。

「今度は俺がルリネを気持ちよくしてやる。朝まで可愛《かわい》がってと言っていただろう。まだまだ朝まで長いぞ」

駅弁スタイル。

女性を前にかかえて、腕力で女性を上下させる、筋力がいるスタイル。

だが、浮き上がっての不安定な性交は女性にとってとても刺激的……らしい。

「あんっ、オルク兄様、とってもたくましいですの」

ルリネが俺の腕の筋肉を撫《な》でる。

これは、強がりじゃなく本当にまだまだセックスしたいようだ。

いいじゃないか、お望み通り、いや、もう無理と泣きつくまで徹底的に可愛がってやろう。

Sっぽい妹のMなところも見てみたい。

あれだ、可愛い子ほどいじめたいというやつだろう。

三人目のハーレムもとてもいい子だ。

俺のハーレムはすでに世界一だが、より素敵なハーレムになった。

この調子でさらに上を目指していこう！

俺は妥協をしないオークなのだから！

GAGAGA

ガガガ文庫

史上最強オークさんの楽しい種付けハーレムづくり3

月夜 涙

発行　2020年4月22日　初版第1刷発行

発行人　立川義剛

編集人　星野博規

編集　小山玲央

発行所　株式会社小学館
〒101-8001 東京都千代田区一ツ橋2-3-1
［編集］03-3230-9343 ［販売］03-5281-3556

カバー印刷　株式会社美松堂

印刷・製本　図書印刷株式会社

Printed in Japan ISBN978-4-09-451839-9